M.WEYLAND

ARIA

VENDÉRIC

EDITIONS DU LOMBARD
BRUXELLES — PARIS

Du même auteur
aux Editions du Lombard

dans la collection «Histoires et Légendes»:

Yvanaëlle, La Dame de Mordorez.

D.1992.0086.2737

ISBN.2.8036.1006.X
Imprimé en Belgique par Proost sprl.

Dépôt légal : décembre 1992

... ALORS, TRAÎTRE ?!... TU RENIES TOUJOURS L'AUTORITÉ DE CIRÉNODULE, NOTRE EMPEREUR, NOTRE MAÎTRE À PENSER, NOTRE BIENFAITEUR ?! RÉPONDS !
... QU'IL AILLE SE... FAIRE VOIR VOTRE... CIRÉNODULE DE... MALHEUR !... ... AAAH !... QU'IL RETOURNE... DANS SON PAYS ÉGORGER LES ANIMAUX... NOYER LES ENFANTS CHÉTIFS... FOUETTER LES... LES FILLES... AAAH...
AAAH... POURQUOI VOULOIR NOUS... IMPOSER VOTRE... MENTALITÉ... CRUELLE ET... AAAH... ET DÉBILE ?! AAARG...
... QU'IL AIT AU MOINS... LA DIGNITÉ DE... DE RESPECTER NOS... NOS COUTUMES... AAAH...
UN PAYS CONQUIS EST FAIBLE... LE FAIBLE N'A PAS DROIT AU RESPECT... IL DOIT SE SOUMETTRE À NOTRE LOI...
... S'IL REFUSE L'ESCLAVAGE QUI LUI EST DESTINÉ, IL N'A PLUS QU'À MOURIR DANS LA DOULEUR ! ... ALORS TANT PIS POUR TOI, CHIEN !!!
?!
... CHARMANT !...
1.

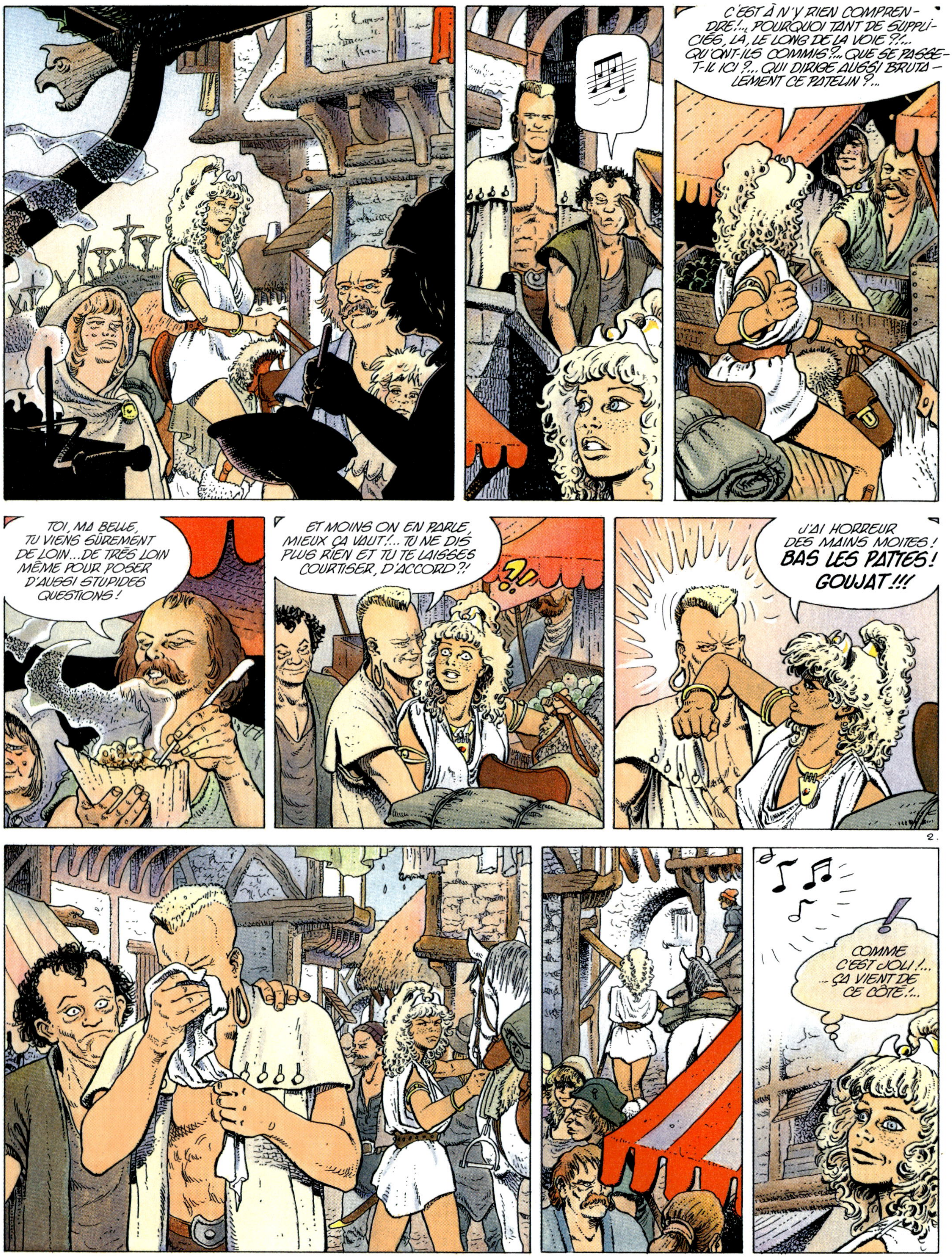
C'EST À N'Y RIEN COMPRENDRE !... POURQUOI TANT DE SUPPLICIÉS, LÀ, LE LONG DE LA VOIE ?!... QU'ONT-ILS COMMIS ?... QUE SE PASSE-T-IL ICI ?... QUI DIRIGE AUSSI BRUTALEMENT CE PATELIN ?...
TOI, MA BELLE, TU VIENS SÛREMENT DE LOIN... DE TRÈS LOIN MÊME POUR POSER D'AUSSI STUPIDES QUESTIONS !
ET MOINS ON EN PARLE, MIEUX ÇA VAUT !... TU NE DIS PLUS RIEN ET TU TE LAISSES COURTISER, D'ACCORD ?!
?!!
J'AI HORREUR DES MAINS MOITES ! **BAS LES PATTES ! GOUJAT !!!**
COMME C'EST JOLI !... ...ÇA VIENT DE CE CÔTÉ !...

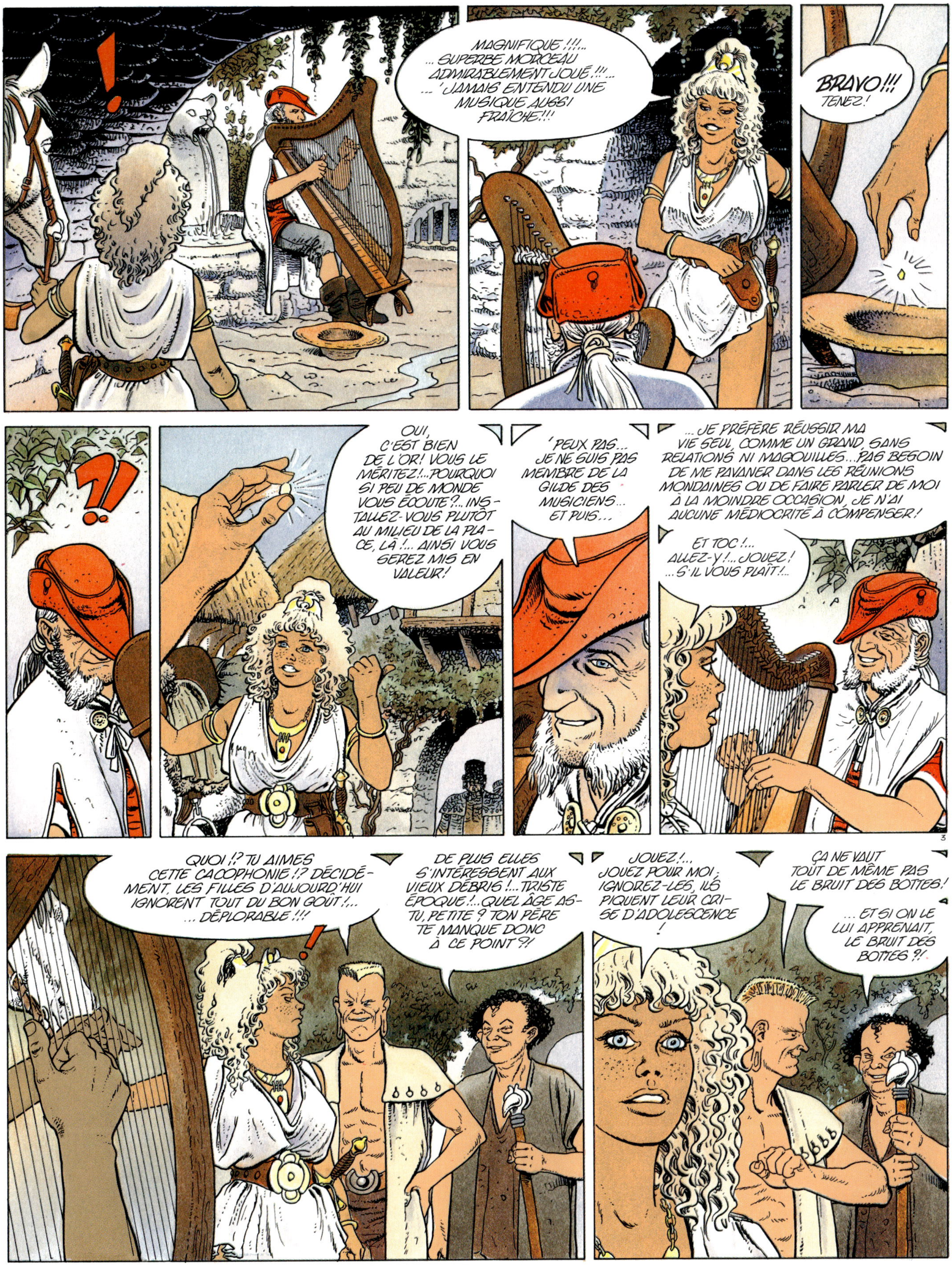
!
MAGNIFIQUE !!!... ... SUPERBE MORCEAU ADMIRABLEMENT JOUÉ !!!... ...'JAMAIS ENTENDU UNE MUSIQUE AUSSI FRAÎCHE!!!
BRAVO!!! TENEZ!
?!
OUI, C'EST BIEN DE L'OR! VOUS LE MÉRITEZ!...POURQUOI SI PEU DE MONDE VOUS ÉCOUTE?... INSTALLEZ-VOUS PLUTÔT AU MILIEU DE LA PLACE, LÀ!... AINSI VOUS SEREZ MIS EN VALEUR!
'PEUX PAS... JE NE SUIS PAS MEMBRE DE LA GILDE DES MUSICIENS... ET PUIS...
...JE PRÉFÈRE RÉUSSIR MA VIE SEUL, COMME UN GRAND, SANS RELATIONS NI MAGOUILLES...PAS BESOIN DE ME PAVANER DANS LES RÉUNIONS MONDAINES OU DE FAIRE PARLER DE MOI À LA MOINDRE OCCASION, JE N'AI AUCUNE MÉDIOCRITÉ À COMPENSER!
ET TOC!... ALLEZ-Y!... JOUEZ! ...S'IL VOUS PLAÎT!...
QUOI!? TU AIMES CETTE CACOPHONIE!? DÉCIDÉMENT, LES FILLES D'AUJOURD'HUI IGNORENT TOUT DU BON GOÛT!... ...DÉPLORABLE!!!
!
DE PLUS ELLES S'INTÉRESSENT AUX VIEUX DÉBRIS!...TRISTE ÉPOQUE!...QUEL ÂGE AS-TU, PETITE? TON PÈRE TE MANQUE DONC À CE POINT?!
JOUEZ!... JOUEZ POUR MOI, IGNOREZ-LES, ILS PIQUENT LEUR CRISE D'ADOLESCENCE!
ÇA NE VAUT TOUT DE MÊME PAS LE BRUIT DES BOTTES!
...ET SI ON LE LUI APPRENAIT, LE BRUIT DES BOTTES?!

HÉ ?!
CLONG
ÇA SUFFIT !
TOI, LA POUPÉE, SILENCE, SINON ON T'ATTACHE AVEC LES CORDES DE LA HARPE ET ON T'EXPÉDIE DANS LE PELOTON DES TRAÎTRES DE L'EMPIRE, VU ?...
SOLIDE ?
BONG BONG
LÂCHE-MOI !!!
NON !
AÏE !
ET CE LANGAGE-CI, VOUS LE COMPRENEZ ? JETTE CE BÂTON !!!
MERCI L'AMI.
SALE GARCE ! ON NE T'A JAMAIS APPRIS À RESPECTER LES HOMMES ?... CETTE FOIS, TON COMPTE EST BON !
!?
MES COUPS D'ÉPÉE SONT TRÈS, TRÈS VIFS QUAND JE SUIS EN COLÈRE... ON NE LES VOIT PAS... MAIS ILS FONT TRÈS MAL ! MAINTENANT FICHEZ LE CAMP !

BEAU TRAVAIL ! NOTRE TÊTE EST MISE À PRIX À PRÉSENT !
HEIN ?!... POUR S'ÊTRE DÉFENDUS SANS LES TUER ?!
LES TEMPS ONT BIEN CHANGÉ DEPUIS L'INSTAURATION DE L'EMPIRE GERVÈRE ! GARE À CELUI QUI TIENT TÊTE À L'EMPEREUR ET À SES IDÉES !... LES VOYOUS SE CACHENT DERRIÈRE LA DÉLATION POUR COMMETTRE LEURS MÉFAITS !
COMPRIS. ILS VONT NOUS ACCUSER, NOUS CLOUER AU PILORI ?!
PROBABLEMENT. LES NOUVELLES SE RÉPANDENT VITE GRÂCE À TOUT UN RÉSEAU DE COMMUNICATIONS SAVAMMENT ORCHESTRÉ !
DOMMAGE DE SE QUITTER AINSI, J'AURAIS TANT AIMÉ ÉCOUTER VOTRE CONCERT EN ENTIER !
ALORS ACCOMPAGNEZ-MOI JUSQU'À THÉORPE, À DEUX JOURS DE CHEVAL D'ICI ; LÀ, J'AURAI L'OCCASION DE VOUS JOUER MES MEILLEURS MORCEAUX DANS UN CADRE IDÉAL ! J'AI BESOIN D'UN GARDE DU CORPS QUI MANIE AUSSI BIEN L'ÉPÉE QUE JE MANIE LA HARPE... LES CHEMINS SONT PEU SÛRS DANS LA CAMPAGNE !... MAIS...
MAIS JE M'ILLUSIONNE, VOTRE HOMME VOUS ATTEND À LA MAISON... IL SE DEMANDE OÙ VOUS TRAÎNEZ EN CE MOMENT, NON ?...
LE JOUR OÙ JE PORTERAI UN TABLIER DE CUISINE AVEC DES MARMOTS DANS LES BRAS, LE MONDE AURA BASCULÉ DANS LES TÉNÈBRES !... JE SUIS UN PIGEON VOYAGEUR QUI CACHE UNE ÉPÉE SOUS L'AILE.
...ET COUVE UNE MYRIADE DE PETITS OEUFS D'OR SOUS L'AUTRE AILE !... J'AI MA PETITE IDÉE SUR LEUR ORIGINE... HÉ HÉ...
AH OUI ?!
HALTE !

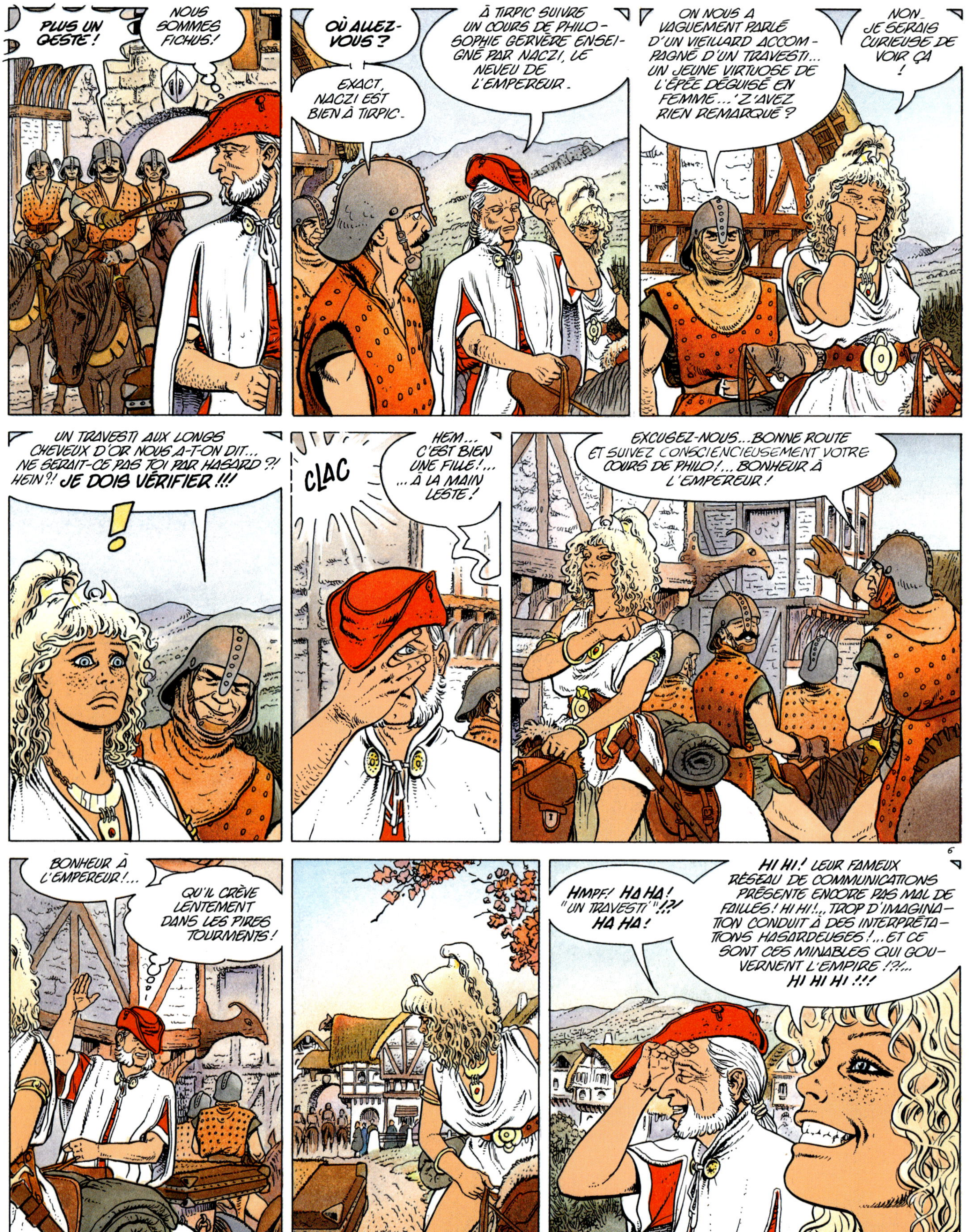
PLUS UN GESTE !
NOUS SOMMES FICHUS !
OÙ ALLEZ-VOUS ?
À TIRPIC SUIVRE UN COURS DE PHILOSOPHIE GERVÈRE ENSEIGNÉ PAR NACZI, LE NEVEU DE L'EMPEREUR.
EXACT, NACZI EST BIEN À TIRPIC.
ON NOUS A VAGUEMENT PARLÉ D'UN VIEILLARD ACCOMPAGNÉ D'UN TRAVESTI... UN JEUNE VIRTUOSE DE L'ÉPÉE DÉGUISÉ EN FEMME... 'Z'AVEZ RIEN REMARQUÉ ?
NON... JE SERAIS CURIEUSE DE VOIR ÇA !
UN TRAVESTI AUX LONGS CHEVEUX D'OR NOUS A-T-ON DIT... NE SERAIT-CE PAS TOI PAR HASARD ?! HEIN ?! JE DOIS VÉRIFIER !!!
!
CLAC
HEM... C'EST BIEN UNE FILLE !... ...À LA MAIN LESTE !
EXCUSEZ-NOUS... BONNE ROUTE ET SUIVEZ CONSCIENCIEUSEMENT VOTRE COURS DE PHILO !... BONHEUR À L'EMPEREUR !
BONHEUR À L'EMPEREUR !...
QU'IL CRÈVE LENTEMENT DANS LES PIRES TOURMENTS !
HMPF ! HA HA ! "UN TRAVESTI" !?! HA HA !
HI HI ! LEUR FAMEUX RÉSEAU DE COMMUNICATIONS PRÉSENTE ENCORE PAS MAL DE FAILLES ! HI HI !... TROP D'IMAGINATION CONDUIT À DES INTERPRÉTATIONS HASARDEUSES !... ET CE SONT CES MINABLES QUI GOUVERNENT L'EMPIRE !?!... HI HI HI !!!

ON L'A ÉCHAPPÉ BELLE !... ... DITES-MOI, D'OÙ VENEZ-VOUS ?
DE LA HAUTE MONTAGNE... J'IGNORAIS QUE JE DESCENDRAIS DANS UN PAYS FRAÎCHEMENT CONQUIS PAR UN RAPACE AUX BOTTES DE CUIR ET AU BEC D'ACIER !... JE MANQUAIS D'INFORMATIONS.
AINSI VOUS VENEZ DES SOMMETS !?... DE TARVELBORG PLUS EXACTEMENT, NON ?...
?!
COMMENT LE SAVEZ-VOUS ?
JE M'EN DOUTAIS... ET QUEL EST VOTRE NOM ?... ATTENDEZ, QUE JE DEVINE... IL COMMENCE PAR UN "A" ET FINI PAR UN "A"... EXACT ?...
VOUS COMMENCEZ À M'ÉNERVER ! LES GENS AU COURANT DE TOUT ME FONT PEUR !
ET PAF ! J'AI VU JUSTE ! HA HA ! MAIS J'ARRÊTE LÀ CE MOMENT SAVOUREUX DE LA CONVERSATION... FAISONS DURER LE PLAISIR, ON A TOUT LE TEMPS !
OH ÇA VA !... DE TOUTE FAÇON, JE NE VEUX PLUS CONTINUER CE BAVARDAGE. J'AIMERAIS SIMPLEMENT ÉCOUTER LE SON DE VOTRE CAISSE À CORDES TITILLÉE PAR VOS PETITS DOIGTS DE MAGICIEN, QUANT AU RESTE...
S'IL S'IMAGINE QUE JE VAIS LUI POSER DES QUESTIONS, IL SE TROMPE !
BON... D'ACCORD, VOUS SEMBLEZ ME CONNAÎTRE... MAIS MOI J'IGNORE TOUT DE VOUS ! ALORS SOYEZ GALANT, ÔTEZ LE VOILE DE VOTRE ÂME, PRÉSENTEZ-VOUS !

NE TIRE PAS CETTE TÊTE, PETITE... EUH... ON SE TUTOIE, D'ACCORD? JE PRÉFÈRE DÉVOILER MES SECRETS DANS L'INTIMITÉ, COMME CE SOIR PAR EXEMPLE, AU COIN DU FEU. JE M'Y SENS PLUS À L'AISE... ALORS OUVRE GRAND TES PAVILLONS...
OH... PUISQUE TU M'AS FAIT LANGUIR TOUTE LA JOURNÉE, GARDE TES SECRETS, ILS NE M'INTÉRESSENT PLUS; JOUE-MOI PLUTÔT QUELQUES AIRS AVANT QUE JE PARTE DANS LES PAYS DE L'ÉTÉ OÙ IL FAIT BON VIVRE.
JE TE CONSEILLERAIS D'ALLER PLUTÔT EN ARNOLITE, TU T'Y PLAIRAIS !... SEULEMENT...
L'AR... QUOI? "L'ARDOMITE"?
L'ARNOLITE. MON PAYS NATAL... UNE GRANDE PÉNINSULE RESTÉE VIERGE... ELLE A GARDÉ SES VALEURS TRADITIONNELLES, SA RELIGION, SES FRÔNES DONT JE FAIS PARTIE.
"FRÔNES"? QU'EST-CE?
DES POÈTES MYSTIQUES DONT L'ÉVOLUTION SPIRITUELLE PERMET D'AGIR D'UNE CERTAINE MANIÈRE SUR LES ÉLÉMENTS... SUR LES ÉNERGIES... NOUS FORMONS UNE CONFRÉRIE TRÈS SOUDÉE ET JADIS TRÈS ACTIVE...
"JADIS"?
JADIS NOUS OCCUPIONS LA MAJORITÉ DU CONTINENT ET TOUT LE MONDE SE PORTAIT POUR LE MIEUX... PUIS L'EMPEREUR CIRÉNODULE EST VENU DÉPOSER SA CARTE DE VISITE... AVEC SES BOTTES DE CUIR CROTTÉES ET SON SALE BEC DÉGOULINANT DE SANG...
IL A OUBLIÉ L'ARNOLITE?
... GRÂCE À SON ÉLOIGNEMENT... MAIS ELLE EST SUR LE POINT D'EXPIRER : D'UNE PART, LES CERVÈRES LUI IMPOSENT UN BLOCUS; D'AUTRE PART, DE NOMBREUSES SÉCHERESSES APPAUVRISSENT CONSIDÉRABLEMENT LA RÉGION ! ELLE A BESOIN DU CONTINENT POUR SURVIVRE... HÉLAS, LE RAPACE ATTEND PATIEMMENT QU'ELLE SE SOUMETTE À SA "PROTECTION"...

(1) "LE VOLEUR DE LUMIÈRE" ED. DU LOMBARD.

!?
CALME, ARIA... ILS SONT TROP NOMBREUX !
JE VOIS...
PAS DIFFICILE DE LES DÉBUSQUER ! ON LES SUIT À L'ODEUR... CELLE DES ANARCHISTES, DES TRAÎTRES ET DES PERTURBATEURS DE L'EMPIRE ! LEURS CRACHATS PUENT À CENT LIEUES !
QUELS BEAUX LOUPS VOUS FAITES !... VAILLANTS, NOBLES, OBLIGÉS DE SE RÉUNIR EN MEUTE POUR MATER UNE JEUNE FILLE ET UN BARDE DÉSARMÉ ! SOYEZ FIERS, MES LOUPS !
QUOI !? VOUS COURBEZ DÉJÀ L'ÉCHINE ? REDRESSEZ-VOUS, SOLDATS EXEMPLAIRES ; N'OUBLIEZ PAS QUE VOUS SERVEZ L'EMPEREUR ET SURTOUT... SURTOUT DES CRAPULES QUI NOUS ACCUSENT SANS PREUVES NI TÉMOINS.
ET ÇA !? N'EST-CE PAS UNE PREUVE ?! UN INSTRUMENT DE MUSIQUE MAUDIT, MANIÉ PAR DES SORCIERS POUR TUER L'EMPEREUR À DISTANCE !... C'EST CONNU !!! CIRÉNODULE LE GRAND, A IMPOSÉ LA LYRE À QUATRE CORDES ; POURQUOI LUI DÉSOBÉIR, HEIN, REBELLES !?...
VOTRE NUMÉRO D'AFFILIATION À LA GILDE IMPÉRIALE N'EST MÊME PAS GRAVÉ SUR CETTE BOÎTE À FICELLES !... ALORS ?... FAUT-IL FOUILLER VOS AFFAIRES POUR TROUVER D'AUTRES PREUVES ACCABLANTES ?!?
ESSAIE DE T'ESQUIVER PENDANT QUE JE RÈGLE CE CONTRETEMPS... VA !... C'EST UN ORDRE DE FRÔNE !... VA !... EUH... LAISSE-MOI QUELQUES PÉPINS D'OR ! ... D'ACCORD ?...
REGARDEZ : ELLE VIENT DE LUI REFILER UNE BOURSE !
ON FAIT DES CACHOTTERIES ?! DONNE-ÇA !
TIENS !

ZUT !
LOUPÉ !
ON DIRAIT DES PÉPITES D'OR !
RESTEZ EN SELLE VOUS AUTRES ; LAISSEZ-MOI RÉCUPÉRER CETTE BOURSE !
Z'ÊTES SOURDS ?! JE VOUS ORDONNE DE RESTER EN SELLE, NOM DE...
QUOI !? IL NOUS DÉFEND DE RAMASSER DES PÉPITES ?!
C'EST CE QU'ON VA VOIR !!!
M'OUAIS... OÙ AS-TU VOLÉ CET OR ?... ... HÉ, LA FILLE, J'TE CAUSE !!!
ELLE A FILÉ !
INUTILE DE LA POURSUIVRE DANS CETTE NUIT ; ON NE SAIT MÊME PAS DANS QUELLE DIRECTION CHERCHER ! ...
... UNE DIVERSION !?... TU AS MANIGANCÉ SA FUITE, HEIN ?!... BIEN !... TROP DE PREUVES T'ACCABLENT !... BARDE, TON COMPTE EST BON ! EMMENEZ-LE !
RRRRR....
RRRRR...
RRRRR....

RRRRR... RRRR...
?!
EXCUSEZ-MOI... JE DEVAIS ABSOLUMENT ME RÉFUGIER... N'IMPORTE OÙ... LE TEMPS D'UNE NUIT. JE VAIS REPARTIR ! VOUS NE M'AVEZ PAS VUE, D'ACCORD ? ... PROMIS ?...
À CONDITION DE **TOUT** NOUS RACONTER !... DIS, TON HOMME T'A BATTUE, N'EST-CE PAS ?! IL A UNE MAÎTRESSE, IL VEUT T'ÉVINCER ET IL A DONNÉ TON SIGNALEMENT À LA MILICE IMPÉRIALE... **EXACT ?**
M'OUAIS... TON SILENCE EN DIT LONG ! CE GENRE DE SITUATION EST DEVENUE COURANTE DEPUIS L'INSTAURATION DE L'EMPIRE GERVÈRE... TU N'ES PAS LA PREMIÈRE À DÉFILER ICI... NI LA DERNIÈRE ! NE CRAINS RIEN, NOUS NE TE DÉNONCERONS PAS !
MERCI !
SEULEMENT LA SITUATION EST PLUS COMPLEXE : J'AI UN AMI... UN BARDE INDÉPENDANT QUI CHANTE SES IDÉES EN ARNOUITAIN. ILS L'ONT ATTRAPÉ CETTE NUIT... QUE VA-T-IL DEVENIR ?
PAUVRE HOMME ! D'AUTRES QUE LUI ONT TENTÉ DE S'EXPRIMER DE CETTE MANIÈRE... HÉLAS, ILS ONT MAL FINI !... TRÈS MAL !
J'AI UNE PETITE IDÉE D'OÙ IL POURRAIT SE TROUVER EN CE MOMENT...
AH OUI ?! **OÙ ?**... SI JE POUVAIS, J'IRAIS LE TIRER DE LÀ !

FICHU TEMPS !... ENTRE NOUS, JE ME DEMANDE POURQUOI CIRÉNODULE S'ACHARNE À CONQUÉRIR CES TERRES NORDIQUES, IL FAIT SI BON CHEZ NOUS !... HÉ ?! TU VAS BIEN ?... DES PROBLÈMES AUX MAINS ?
CLOQUES, ONGLES CASSÉS ET MULTIPLES ÉCHARDES,... À FORCE DE CRUCIFIER DES HOMMES ET DES FEMMES ! J'EN AI VRAIMENT ASSEZ !... JE LES ENTENDS JOURS ET NUITS HURLER DANS MA TÊTE !
ARRÊTE !
IMPOSSIBLE ! J'EN AI TOUJOURS VINGT SUR LA LISTE POUR CE SOIR !... ET ÇA RECOMMENCE DEMAIN !... 'Y EN A MARRE !!!... JE DEVIENS FOU ! JE VEUX ME BATTRE, PAS MARTYRISER DES GENS !
SURTOUT DES ARTISTES ! JE SUIS MOI-MÊME MUSICIEN !... TU IMAGINES ?!... LE DERNIER ÉTAIT UN HARPISTE... ÇA ME CRÈVE LE COEUR !...
NE CRIE PAS ÇA SUR TOUS LES TOITS, TU RISQUES DE FINIR COMME LUI !
13
MAIS À TOI JE PEUX ME CONFIER, HEIN ?!... ÉCOUTE : JE CRAQUE, MON VIEUX... JE SUIS À BOUT DE NERFS !
TIENS... PRENDS CES PASTILLES... ÇA CALME L'ANXIÉTÉ... ÉCHANGEONS NOS RÔLES, L'ESPACE DE QUELQUES HEURES, D'ACCORD ?... QUE DOIS-JE FAIRE ?...
!!
PROLONGER L'AGONIE DU HARPISTE : NOURRIS-LE... CE SONT LES ORDRES...
BIEN... J'AURAIS AUSSI INTÉRÊT À SUCER CES PASTILLES !...

HÉ ! PSSST. !
JE VIENS RECUEILLIR LES LARMES DES SUPPLICIÉS... ... POUR LES OFFRIR À L'EMPEREUR, SUIVANT SES DÉSIRS.
HA ! CIRÉNODULE NE MANQUE PAS D'IDÉE !... ATTENDS, ON VA T'APPORTER UNE ÉCHELLE... ÇA IRA, GRAND-MÈRE ?
MAIS OUI ! J'EN AI VU D'AUTRES, JEUNE HOMME !
C'EST LUI !!!
14
CE REFRAIN !... MA DERNIÈRE COMPOSITION !!!
TOI !?! ... MAIS... COMMENT AS-TU RÉUSSI À... ME RETROUVER ?
CHUTT ! ON POURRAIT NOUS ENTENDRE !... QUE FAIRE POUR TE TIRER DE LÀ ?... 'Y A SÛREMENT UN MOYEN ?!

AUCUN... ILS SONT TROP NOMBREUX... ET PUIS RIEN N'ARRÊTE LE DESTIN... TIRE-TOI AVEC LES SCEPTRES AVANT QU'ILS NE T'ATTRAPENT... NE TREMBLE PAS POUR MOI, J'AI EU LE TEMPS D'AVALER UNE POTION DE MA COMPOSITION... JE NE SENS RIEN... JE FLOTTE DANS UN NUAGE...
...ENCORE UN MOT AVANT DE SOMBRER: ... À L'HEURE DE MA... MORT, JE TE... TRANSFÉRERAI MON ÂME !
?
EXPLIQUE-TOI !?
TU RECEVRAS... MON DON MUSICAL... ET... ET MA MÉMOIRE... ÇA TE PERMETTRA D'ENTREPRENDRE DE GRANDES CHOSES... ET... DE POURSUIVRE MON... MON OEUVRE... SI... SI TU LE DÉSIRES RÉELLEMENT, ARIA...
!
IL DÉLIRE LE PAUVRE !
C'EST PROMIS VENDÉRIC, JE CONTINUERAI TON OEUVRE... DE TOUT COEUR ! ...
MERCI... ARIA... MERCI... TU ES LA DIGNE... DESCENDANTE... D'UN FRÔNE !
ET... LORSQUE TU JOUERAS... DE LA HARPE... QUE TU CHANTERAS GUIDÉE PAR MON ESPRIT, NE TE LAISSE PAS... ABATTRE PAR LES CRITIQUES... IGNORE-LES... CAR C'EST BON SIGNE : CE QUI EST PUR ET BEAU... NE PASSE... JAMAIS INAPERÇU... ON SOUILLE LA PURETÉ... COMME POUR S'EN... PROTÉGER... OU POUR SE VENGER DE... L'AVOIR... ... PERDUE...
... TU SERAS AUSSI... ÉVINCÉE PAR DES... "GÉNIES" DONT L'ART CONSISTE SURTOUT À... S'ÉCOUTER PARLER... À ÉTALER LEUR VERNIS ! ILS TIENNENT LE HAUT DE LA SCÈNE... JUSQU'AU ... BOUT !... CES PARASITES AIMENT SE... PAVANER... AVEC LA BÉNÉDICTION DE... L'EMPEREUR !!!
15
ÉCOUTE... SITÔT EN HAUT DE L'ÉCHELLE, JE COUPE TES LIENS ; MAIS AURAS-TU LA FORCE DE FUIR COMME UN LAPIN ?
!?

JE ME DOUTAIS QUE TU RETROUVERAIS TON AMANT ICI ! TRISTE SPECTACLE, HEIN !
LUI !!!
TU AS HANTÉ MES RÊVES CETTE NUIT ! TU PEUX RACHETER TES ERREURS, TE CONDUIRE EN VRAIE GERVÈRE : DEVIENS MA FEMME !
!
TU RÊVES !?
PARTAGER MA VIE AVEC UNE ORDURE DE TON ESPÈCE ?! JAMAIS ! PROFITEUR ! MAQUEREAU !
GARDES ! EMMENEZ-LA DEVANT LE CONSEIL DE DISCIPLINE, NOUS ALLONS JUGER CETTE AFFAIRE PROMPTEMENT !
DE QUEL DROIT DONNES-TU DES ORDRES ? AÏE !
DU DROIT DU REPRÉSENTANT EN CIVIL DE LA MILICE IMPÉRIALE !... ÇA T'ÉTONNE ? ET NE TENTE PAS DE M'ACHETER AVEC DE SOI-DISANT PETITS OEUFS D'OR ! AVEC MOI, ÇA NE MARCHE PAS !
16
HEM... LOURDES ACCUSATIONS QUE JE LIS LÀ... TRAVESTIE, DÉTIENT UN INSTRUMENT DE MUSIQUE PROHIBÉ, S'ACOQUINE AVEC LES TRAÎTRES DE L'EMPIRE, PERCE DES POUPÉES DE CIRE À L'EFFIGIE DE CIRÉNODULE, CRACHE SUR NOS DRAPEAUX, ETC... ETC... J'ARRÊTE ICI LA LISTE, ELLE EST TROP LONGUE... QU'AVEZ-VOUS À RÉPONDRE ?
RIEN... DONC ELLE CONSENT... C'EST CLAIR... QU'ON L'INSTALLE JUSTE À CÔTÉ DU HARPISTE, ILS FERONT LA CAUSETTE !... BATTEZ TAMBOURS, QUE LE PUBLIC SOIT NOMBREUX !... BONHEUR À L'EMPEREUR !

BRRROMMM POMM
RRROM BRRRRRROM POM POM... BRRRRROM POM POM...
ELLE NE BRONCHE PAS !
ATTENDS... ÇA NE VA PAS TARDER !
V... VENDÉRIC, PARDON !... T...TOUT EST DE... MA FAUTE... D... DEPUIS LE DÉBUT... AAAH...
...T' INQUIÈTE PAS, ARIA... TU SE... SERAS... SAUVÉE... AVANT MOI !... B... BIENTÔT !... PAROLE DE... DE FRÔNE !
17
HÉ !... COMBIEN ?...
QUINZE PIÈCES D'OR... NI PLUS, NI MOINS. JE NE MARCHANDE PAS !
PARFAIT ! JE L'EMPORTE !
?!!

PHRYGANE ?!
PHRYGANE !
JE M'APPELLE ARIA ; JE VOUS L'AI DÉJÀ DIT !!!
TON NOM D'ESCLAVE EST ET RESTERA PHRYGANE, COMPRIS ?! APPROCHE !
METS-TOI ÇA DANS LA TÊTE, JE NE LE RÉPÈTERAI PLUS : SI TU DÉSOBÉIS OU SI TU FAIS MINE DE FUIR, TU RETOURNERAS SUR LA CROIX ! PERSONNE NE TE SAUVERA CETTE FOIS !
... JE SUIS TRÈS DUR QUAND IL LE FAUT ; PAR CONTRE, J'AI LE COEUR SUR LA MAIN - AUCUNE FEMME NE RÉSISTÉ À MA DOUCEUR ET À MA BONTÉ ! DEMANDE À ANAMITE, ELLE NE ME CONTREDIRA PAS !... AVEC MOI, TU NE MANQUERAS JAMAIS DE RIEN !
ON M'A DIT QUE VOUS ÊTES MARIÉ ! ON NE VOIT PAS VOTRE ÉPOUSE !? L'AURIEZ-VOUS LARGUÉE ?
HA HA ! RISCILLA EST RESTÉE BIEN À L'ABRI DANS NOTRE LOINTAINE PATRIE AVEC NOS SIX ADORABLES ENFANTS... ELLE ATTEND MON RETOUR AVEC IMPATIENCE... VA ME CHERCHER DU VIN, J'AI SOIF !!!
ET QUE FEREZ-VOUS DE NOUS QUAND VOUS PARTIREZ ?
JE VOUS VENDRAI AU PLUS OFFRANT ! ALORS, CE VIN ?! IL VIENT ?

TU AS ENTENDU CE CINGLÉ ?! IL COMPTE NOUS REVENDRE COMME DE VULGAIRES BIBELOTS !!!
JE SAIS... POUR UN BON PRIX, IL NOUS RENVERRAIT MÊME SUR LA CROIX... ENCORE UN EXEMPLE DE LA MENTALITÉ GERVÈRE !
CONDAMNÉES POUR CONDAMNÉES, AUTANT TENTER L'IMPOSSIBLE !... TIENS ?! JE NE VOIS PAS LE VIN !?
IL N'Y EN A PLUS... JE VAIS EN CHERCHER À LA RÉSERVE...
LAISSE ! JE CONNAIS LE CHEMIN MAINTENANT !... J'AI BESOIN D'AIR !...
D'ACCORD, JE TE COMPRENDS !
PAUVRE VENDÉRIC !... IL AURA SOUFFERT LONGTEMPS !... SON SOUVENIR M'OBSÈDE !
BIZARRE... DES IMAGES ME TRAVERSENT L'ESPRIT... DES SCÈNES QUE JE N'AI JAMAIS VÉCUES ET POURTANT CRIANTES DE RÉALISME !
COMMENT ME VIENNENT-ELLES ?

BIENVENUE, MA BEAUTÉ !... VIENS ! JE VAIS TE FAIRE VISITER LES MÉANDRES DU TEMPLE DE BACCHUS !... JE REMPLIRAI TA CRUCHE APRÈS !...
D'ABORD JE NE SUIS PAS VOTRE BEAUTÉ, ENSUITE MON MAÎTRE EST PRESSÉ !
SI ON M'A CHOISI POUR CE RÔLE, C'EST BIEN POUR MA CORRECTION !... AURAIS-TU PEUR DE MOI ?
PEUR ? JE ME MÉFIE DES GERVÈRES !
TUT TUT TUT... 'FAUT PAS CROIRE LES RAGOTS ! NOUS NE FAISONS DE MAL À PERSONNE ET NOUS POSSÉDONS DE GRANDES QUALITÉS... COMME CELLES DE CE BON VIN PAR EXEMPLE...
SEULS LES HAUTS DIGNITAIRES DE L'EMPIRE, LES MAGISTRATS, LES GÉNÉRAUX DONT FAIT PARTIE TON MAÎTRE Y ONT ACCÈS... ET PARFOIS LES CHEFS !
AH OUI ?!
ÇA ME DONNE UNE IDÉE...
MONTREZ-MOI TOUT DANS LES MOINDRES DÉTAILS !... ALLONS-Y !
?!... ELLE EN MET DU TEMPS !... NE ME DIS PAS QU'ELLE S'EST TAILLÉE ?!
JE L'APERÇOIS... AVEC SA CRUCHE PLEINE !...
EXTRAORDINAIRE !... JE N'AI PAS ENTREPRIS DE SOLIDES ÉTUDES, CEPENDANT JE SAIS EXACTEMENT COMMENT ET AVEC QUOI COMPOSER LE POISON SUSCEPTIBLE DE DÉCIMER CES HAUTS DIRIGEANTS ENNEMIS !...
CES INFORMATIONS ME VIENNENT EN MÉMOIRE, LIMPIDES, ÉVIDENTES, POURTANT J'EN IGNORAIS TOUT JUSQU'ICI !!!... TU AVAIS RAISON, VENDÉRIC, TU M'AS BIEN TRANSFÉRÉ TA MÉMOIRE !!!
ARIA ! TU VIENS, DIS ?!

!!
TU M'AS L'AIR SOUDAIN SI GUILLE-RETTE !?... AURAIS-TU GOÛTÉ AU VIN ?
NON... À LA MÉMOIRE DE VENDÉRIC... OH, NE FAIS PAS ATTENTION, ÇA N'A AUCUNE IMPORTANCE !
?
TU VOIS CES PETITES TACHES GRISES ? CE SONT DES CHAMPIGNONS D'UN TYPE PARTICULIER... RENDS-NOUS UN GRAND SERVICE, VEUX-TU ?.. À CHAQUE OCCASION, GRATTE-LES ET RECUEILLE-LES DISCRÈTEMENT, D'ACCORD ?!... À DEUX, ÇA IRA PLUS VITE.
VAS-TU M'EXPLIQUER ?
D'APRÈS TOI, QUE SE PASSERAIT-IL SI TOUTES LES GROSSES LÉGUMES DU COIN ET TOUS LES CHEFS DISPARAISSAIENT DANS LES PROCHAINS JOURS ?
LA PAGAILLE... LA DÉBANDADE... L'ANARCHIE...
LE MOMENT IDÉAL POUR FAIRE LE MUR ! CES PETITES MOISISSURES FERONT PARTIE D'UNE SURPRENANTE COMPOSITION DONT ON PARLERA LONGTEMPS !
AH ?!
CROIS-TU VRAIMENT QUE CE VERNIS PEUT... OÙ DONC AS-TU APPRIS TOUT ÇA ?!...
SI JE TE DISAIS QU'UN ÊTRE SAVANT HABITE MAINTENANT EN MOI, TU NE ME CROIRAIS PAS ; ALORS NE ME POSE PAS DE QUESTIONS !... ON ARRIVE DOUCEMENT À RÉALISER LA FORMULE... PAAARFAIT !... SEULEMENT LE CONTENU EST INSUFFISANT...
SI JE COMPRENDS BIEN IL NOUS FAUDRA ENCORE PLUSIEURS JOURS ?...
OUI... MAIS ÇA VAUT LA PEINE DE PATIENTER.

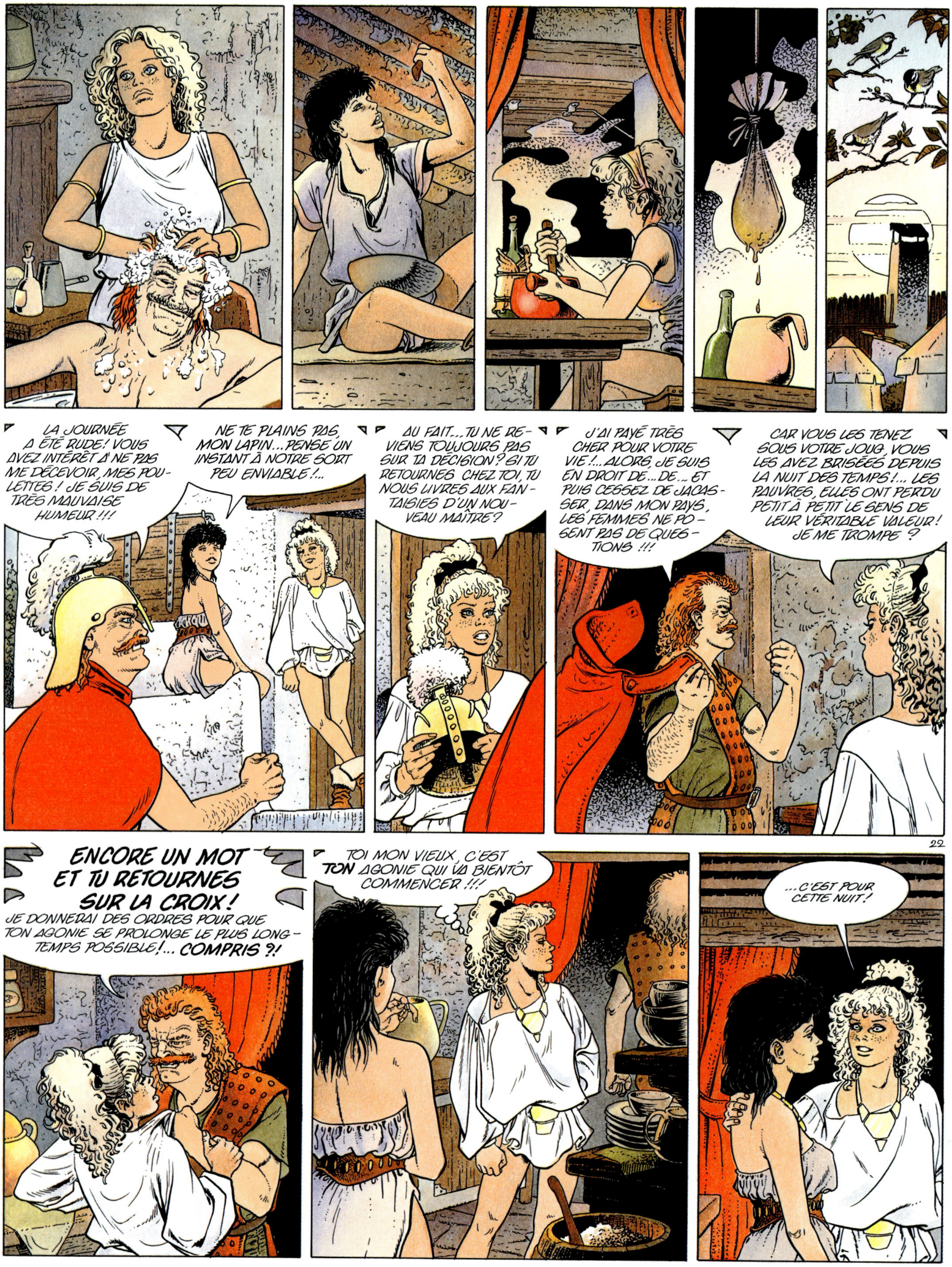
LA JOURNÉE A ÉTÉ RUDE! VOUS AVEZ INTÉRÊT À NE PAS ME DÉCEVOIR, MES POULETTES! JE SUIS DE TRÈS MAUVAISE HUMEUR!!!
NE TE PLAINS PAS, MON LAPIN... PENSE UN INSTANT À NOTRE SORT PEU ENVIABLE!...
AU FAIT... TU NE REVIENS TOUJOURS PAS SUR TA DÉCISION? SI TU RETOURNES CHEZ TOI, TU NOUS LIVRES AUX FANTAISIES D'UN NOUVEAU MAÎTRE?
J'AI PAYÉ TRÈS CHER POUR VOTRE VIE!... ALORS, JE SUIS EN DROIT DE... DE... ET PUIS CESSEZ DE JACASSER, DANS MON PAYS, LES FEMMES NE POSENT PAS DE QUESTIONS!!!
CAR VOUS LES TENEZ SOUS VOTRE JOUG, VOUS LES AVEZ BRISÉES DEPUIS LA NUIT DES TEMPS!... LES PAUVRES, ELLES ONT PERDU PETIT À PETIT LE SENS DE LEUR VÉRITABLE VALEUR! JE ME TROMPE?
ENCORE UN MOT ET TU RETOURNES SUR LA CROIX!
JE DONNERAI DES ORDRES POUR QUE TON AGONIE SE PROLONGE LE PLUS LONGTEMPS POSSIBLE!... COMPRIS?!
TOI MON VIEUX, C'EST TON AGONIE QUI VA BIENTÔT COMMENCER!!!
...C'EST POUR CETTE NUIT!

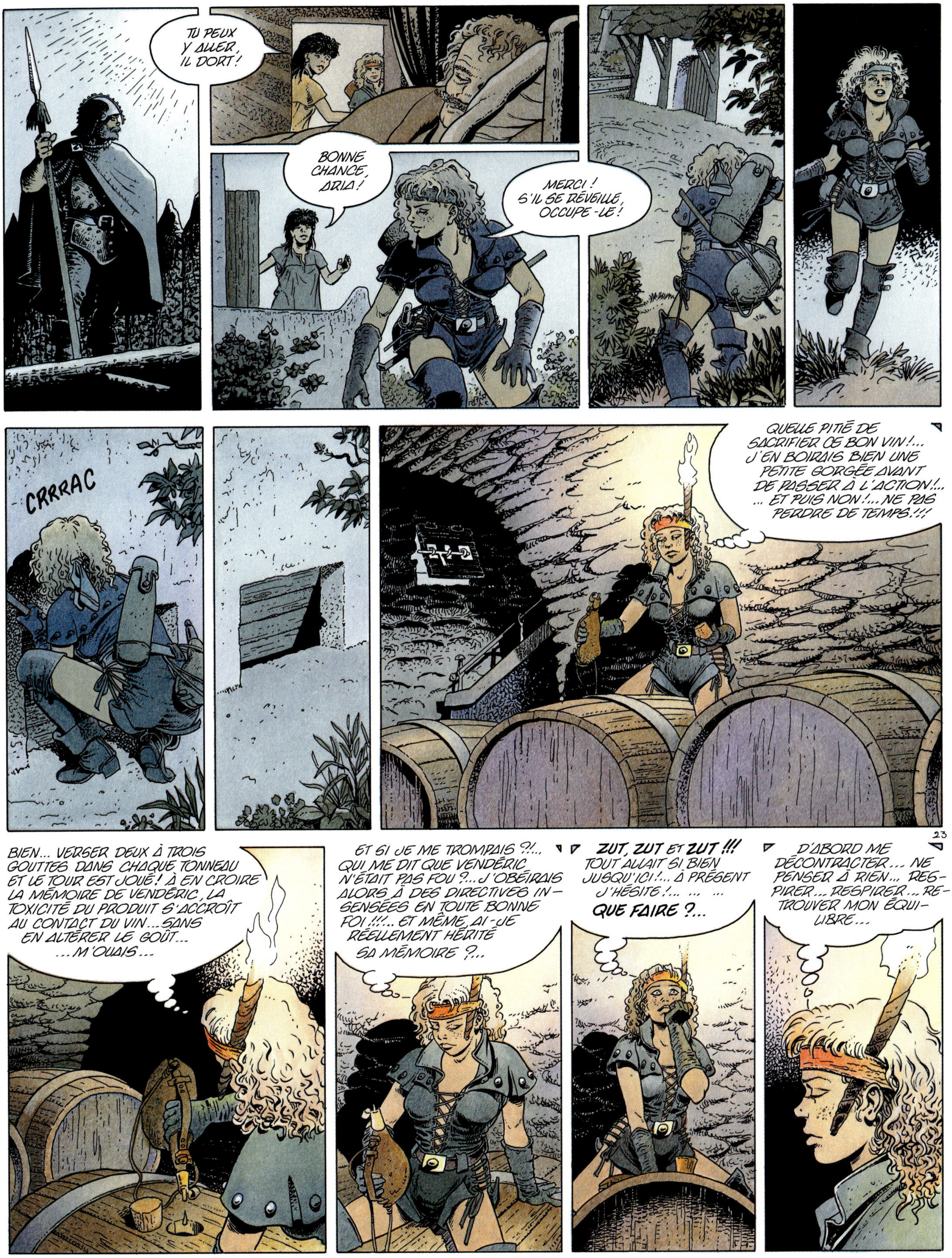

TU PEUX Y ALLER, IL DORT !
BONNE CHANCE, ARIA !
MERCI ! S'IL SE RÉVEILLE, OCCUPE-LE !
CRRRAC
QUELLE PITIÉ DE SACRIFIER CE BON VIN !... J'EN BOIRAIS BIEN UNE PETITE GORGÉE AVANT DE PASSER À L'ACTION !... ... ET PUIS NON !... NE PAS PERDRE DE TEMPS !!!
BIEN... VERSER DEUX À TROIS GOUTTES DANS CHAQUE TONNEAU ET LE TOUR EST JOUÉ ! À EN CROIRE LA MÉMOIRE DE VENDÉRIC, LA TOXICITÉ DU PRODUIT S'ACCROÎT AU CONTACT DU VIN... SANS EN ALTÉRER LE GOÛT... ...M'OUAIS...
ET SI JE ME TROMPAIS ?!... QUI ME DIT QUE VENDÉRIC N'ÉTAIT PAS FOU ?... J'OBÉIRAIS ALORS À DES DIRECTIVES INSENSÉES EN TOUTE BONNE FOI !!!... ET MÊME, AI-JE RÉELLEMENT HÉRITÉ SA MÉMOIRE ?...
ZUT, ZUT ET ZUT !!! TOUT ALLAIT SI BIEN JUSQU'ICI !... À PRÉSENT J'HÉSITE !... ... ...
QUE FAIRE ?...
D'ABORD ME DÉCONTRACTER... NE PENSER À RIEN... RESPIRER... RESPIRER... RETROUVER MON ÉQUILIBRE...
23

QUELQUE CHOSE NE VA PAS ?
J'AI FROID DANS LES OS ! VERSE-MOI ENCORE DU VIN, ÇA ME RÉCHAUFFERA...
AAAAH...
AAAH...
LE PREMIER MORT !
QUELLE EST DONC CETTE MALADIE QUI RÈGNE ICI DEPUIS PLUSIEURS JOURS ?
ÇA, UNE MALADIE ?!... NOS DIEUX EN ONT ASSEZ DE VOS ACTES ODIEUX ET BARBARES !... ILS EXPRIMENT LEUR MALAISE À LEUR MANIÈRE !... MOI, J'APPELLE ÇA LA VENGEANCE DIVINE --- VOILÀ...

RAAAH! POUR L'AMOUR DU CIEL, APPELEZ LE MAÎTRE-SOIGNEUR!
INUTILE!... POUR L'INSTANT IL S'OCCUPE DE CAS PLUS GRAVES ENCORE! IL NE SAIT PLUS OÙ DONNER DE LA TÊTE!!!
NE T'EN FAIS PAS, ÇA IRA MIEUX! TU ES UN CHEF GUERRIER TRÈS COSTAUD QUI EN A VU D'AUTRES!... HEM... UN PEU DE VIN?... IL EST BON, TU SAIS!
UNE ÉPIDÉMIE J'VOUS DIS! BIENTÔT CE SERA NOTRE TOUR! FUYONS CE CAMP MAUDIT!
QUELS SONT LES ORDRES?
IL N'Y EN A PAS.
QUOI?!
NOS ADJOINTS AGONISENT, DE MÊME QUE LEURS REMPLAÇANTS!
QUE FAIT-ON?
VOUS NE VENEZ PAS NOUS RELAYER, LES GARS?
SEULEMENT QUAND ON EN RECEVRA L'ORDRE!... MAIS IL N'Y A PLUS D'ORDRES DANS CE BAGNE POURRI!... MÊME QUE PERSONNE N'EST DÉSIGNÉ POUR BRÛLER LES DÉPOUILLES!
MAIS JE NE VAIS PAS RESTER PLANTÉ ICI ÉTERNELLEMENT MOI! ...TANT PIS, JE PARS!
TU ME LAISSES SEUL? LÂCHEUR!
25
OUVRE! 'FAUT S'EN ALLER, LEURS FICHUS DIEUX NOUS ONT JETÉ UN SORT!
M'OUAIS! ON VA TOUS CREVER COMME DES CHIENS SI ON MOISIT ICI! OUVRE!
OOOH!... IL ME FAUT UN LAISSEZ-PASSER, SINON...
TIENS! LE VOICI, TON "LAISSEZ-PASSER" EN BONNE ET DUE FORME! ÇA TE VA? CRÉTIN!!!

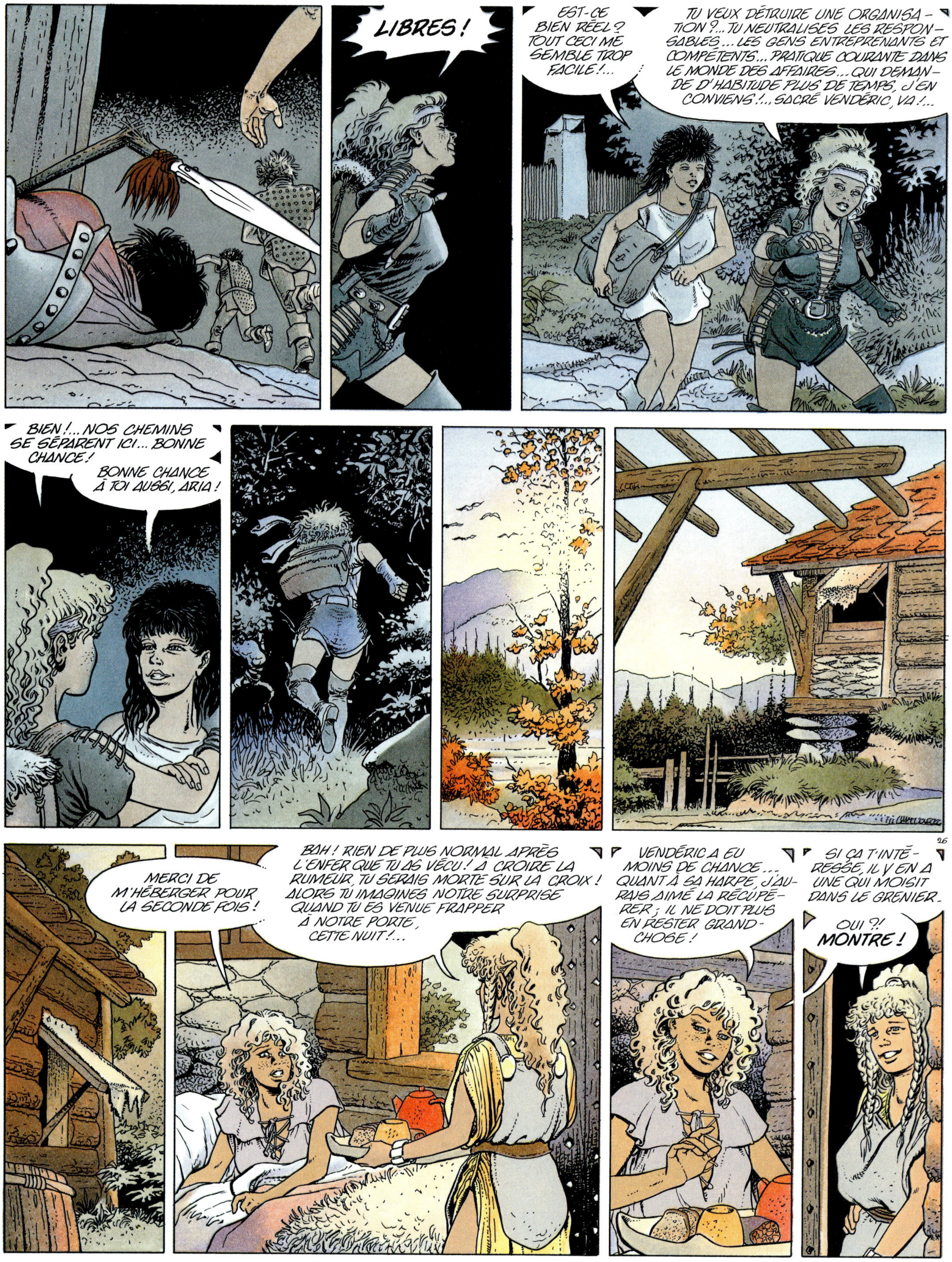
LIBRES !
EST-CE BIEN RÉEL ? TOUT CECI ME SEMBLE TROP FACILE !...
TU VEUX DÉTRUIRE UNE ORGANISATION ?... TU NEUTRALISES LES RESPONSABLES... LES GENS ENTREPRENANTS ET COMPÉTENTS... PRATIQUE COURANTE DANS LE MONDE DES AFFAIRES... QUI DEMANDE D'HABITUDE PLUS DE TEMPS, J'EN CONVIENS !... SACRÉ VENDÉRIC, VA !...
BIEN !... NOS CHEMINS SE SÉPARENT ICI... BONNE CHANCE !
BONNE CHANCE À TOI AUSSI, ARIA !
MERCI DE M'HÉBERGER POUR LA SECONDE FOIS !
BAH ! RIEN DE PLUS NORMAL APRÈS L'ENFER QUE TU AS VÉCU ! À CROIRE LA RUMEUR, TU SERAIS MORTE SUR LA CROIX ! ALORS TU IMAGINES NOTRE SURPRISE QUAND TU ES VENUE FRAPPER À NOTRE PORTE, CETTE NUIT !...
VENDÉRIC A EU MOINS DE CHANCE... QUANT À SA HARPE, J'AURAIS AIMÉ LA RÉCUPÉRER ; IL NE DOIT PLUS EN RESTER GRAND-CHOSE !
SI ÇA T'INTÉRESSE, IL Y EN A UNE QUI MOISIT DANS LE GRENIER.
OUI ?! MONTRE !

VOILÀ JUSTEMENT LES AFFAIRES QUE TU AS LAISSÉES AVANT DE PARTIR SUR LE CHEMIN DE CROIX...
AH OUI ! MERCI DE LES AVOIR MISES EN SÉCURITÉ !
! LES SCEPTRES ! ... ET LES PÉPINS D'OR ! ... CES HONNÊTES GENS N'Y ONT MÊME PAS TOUCHÉ !
HÉ !?! REGARDE !
ADMIRE L'ANTIQUITÉ ! ELLE APPARTENAIT À MON ARRIÈRE-GRAND-PÈRE... MAIS J'AURAIS INTÉRÊT À M'EN SÉPARER AVANT QUE LES CERVÈRES NE ME FASSENT DES ENNUIS !
ELLE EST BIEN CONSERVÉE !... EUH... PUIS-JE L'ESSAYER ?
BIEN SÛR !
IL FAUDRA L'ACCORDER !
NORMAL, APRÈS TANT D'ANNÉES !
HUM... TROP BAS... ... ENCORE TROP BAS...
JE NE PERCEVAIS PAS LA DIFFÉRENCE, AUTREFOIS... C'EST AGRÉABLE D'AVOIR L'OREILLE MUSICALE !... MERCI, VENDÉRIC !
AN BADHÁR GÁEN DOENLEAT RHÚN... RHÁN FORMAIR GLANNÁT GUINYL DEÁR GERCHAIL U'THAR. FÉIL N'GUAÓR CHULAIN NEAVÁHR PUACHAILL AN DIDVÁHR-GUÔET BÁHR FEL NAÏRSEALD...
!! TU CONNAIS L'ARNOLITAIN ?!
ÇA ME VIENT COMME ÇA, À L'ESPRIT, TOUT NATURELLEMENT... DE MÊME QUE LA SIGNIFICATION DES PAROLES ! OH, N'Y PRÊTEZ PAS ATTENTION, CE SERAIT TROP LONG À VOUS EXPLIQUER...
JE VOUS L'ACHÈTE, D'ACCORD ?... JE VAIS REPARTIR SUR LES ROUTES... POURSUIVRE L'OEUVRE DU FRÔNE À MA MANIÈRE.
?

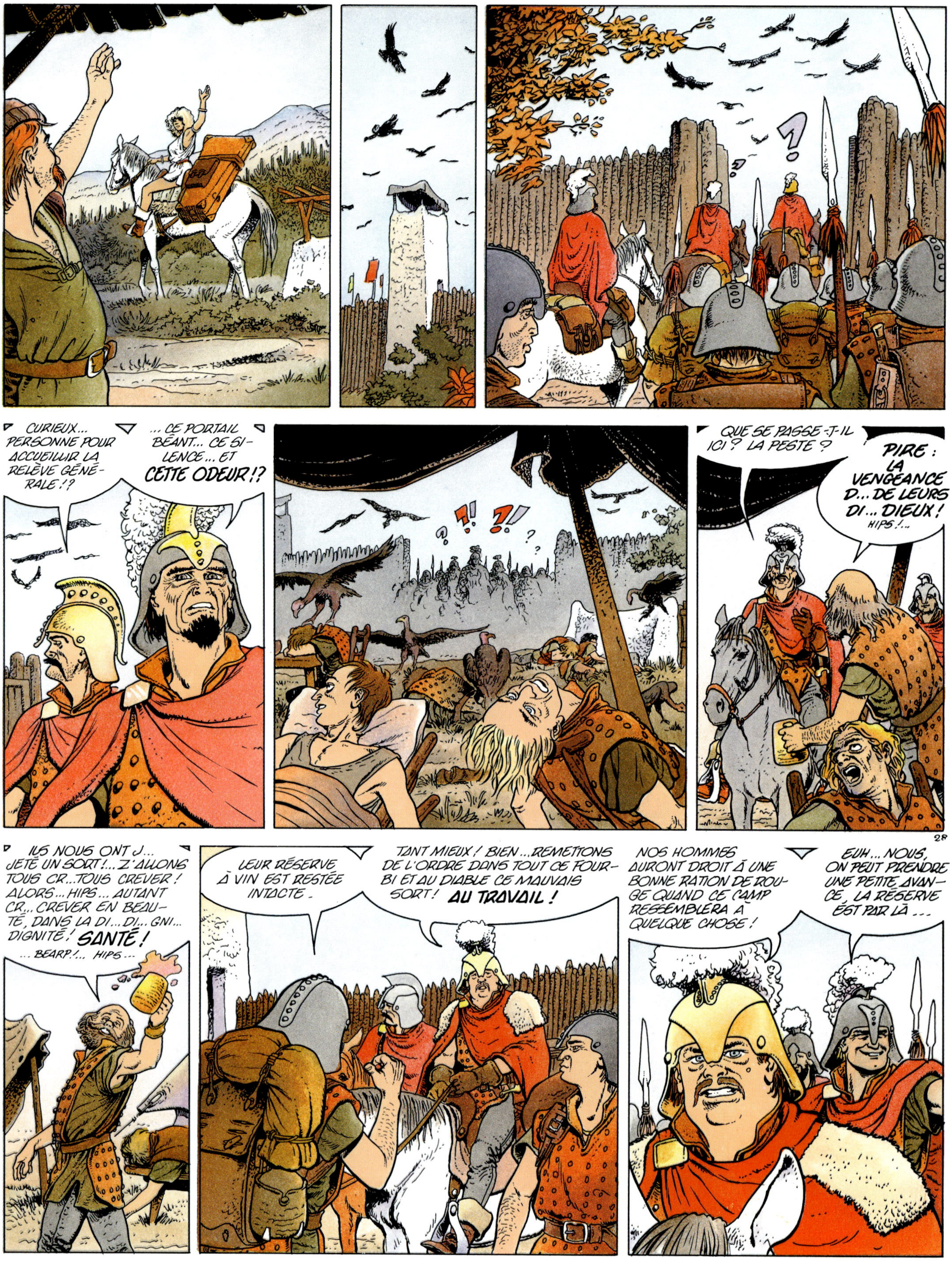
CURIEUX... PERSONNE POUR ACCUEILLIR LA RELÈVE GÉNÉRALE !?
... CE PORTAIL BÉANT... CE SILENCE... ET CETTE ODEUR !?
?!
QUE SE PASSE-T-IL ICI ? LA PESTE ?
PIRE : LA VENGEANCE D... DE LEURS DI... DIEUX ! HIPS !...
28
ILS NOUS ONT J... JETÉ UN SORT !... Z'ALLONS TOUS CR... TOUS CREVER ! ALORS... HIPS... AUTANT CR... CREVER EN BEAUTÉ, DANS LA DI... DI... GNI... DIGNITÉ ! SANTÉ !
... BEARP !... HIPS...
LEUR RÉSERVE À VIN EST RESTÉE INTACTE.
TANT MIEUX ! BIEN... REMETTONS DE L'ORDRE DANS TOUT CE FOURBI ET AU DIABLE CE MAUVAIS SORT ! AU TRAVAIL !
NOS HOMMES AURONT DROIT À UNE BONNE RATION DE ROUGE QUAND CE CAMP RESSEMBLERA À QUELQUE CHOSE !
EUH... NOUS, ON PEUT PRENDRE UNE PETITE AVANCE, LA RÉSERVE EST PAR LÀ...

COMME C'EST JOLI ! ELLE CHANTE EN ARNOLITAIN ?
OUI... UNE LANGUE MUSICALE TRÈS SAVOUREUSE ! ...L'ENVAHISSEUR N'ARRIVE PAS À L'ASSIMILER !
TANT MIEUX !
ENCORE UNE CHANSON D'AMOUR, JE PARIE !
NON, UNE BONNE RECETTE !... VITE, UN PARCHEMIN !... QUE JE NOTE !...
SAM PRÂ SAM ... NDIÂH-NYI ... HÂ HÂ NYI SUDHÂ-NYI ... KARUT-SCHÂNYI RUCHÂNYI GÔ HÂ ...
AH ! TU TRADUIS SIMULTANÉMENT !... BIZARRE CETTE RECETTE... ON DIRAIT UNE SAUCE !?
...INODORE, INCOLORE ET INSIPIDE... À VERSER GOUTTE À GOUTTE DANS LA BOISSON OU LA NOURRITURE DES GERVÈRES... DE QUOI ÉLIMINER CETTE RACAILLE... À CONDITION QU'ON S'Y METTE TOUTES !...
MERCI, L'ARTISTE !... MESSAGE BIEN REÇU !... TU MÉRITES D'AVOIR UNE PLUS GRANDE AUDIENCE... FÉMININE ! JE VAIS TE REFILER UNE ADRESSE, D'ACCORD ? NOUS AVONS UN AVANTAGE SUR L'OCCUPANT : IL NE PEUT SE PASSER DE NOTRE CUISINE ET DE NOS PRODUITS !
HA ! JE ME SENS VIVRE !
ÂOM-CHEIL... STEIDÂR RÂN-BEIN FUËNR SCHE HOXGEAR RHÛN-DÂNNAN LAESTON... RAÔM, ÔM...
TRÈS INTÉRESSANT !!!

UNE VÉRITABLE HÉCATOMBE !... DIX MILLE DIGNITAIRES, CHEFS DE HAUT RANG, RESPONSABLES... TOUS DÉCIMÉS COMME DES RATS !... JAMAIS DE MA VIE JE N'AI CONNU UN TEL DÉSASTRE !
LES SOLDATS NE SONT PAS ÉPARGNÉS NON PLUS PAR LA MALÉDICTION DE LEURS DIVINITÉS !... LE FLÉAU S'ÉTEND MÊME AUX AUTRES PROVINCES !
QUE DEVONS-NOUS FAIRE, Ô CIRÉNODULE LE GRAND ?...
RENFORÇONS NOS EFFECTIFS ! ENRÔLONS DES ENFANTS SI NÉCESSAIRE... JE NE CROIS PAS UN TRAÎTRE MOT DE CETTE HISTOIRE DE DIEUX VENGEURS ! D'AILLEURS DE QUOI SE VENGERAIENT-ILS ?... NOUS SOMMES VENUS AMICALEMENT "AIDER" CES GENS, NON ?!... REMONTONS LE MORAL DES TROUPES ET LE MAL DISPARAÎTRA !

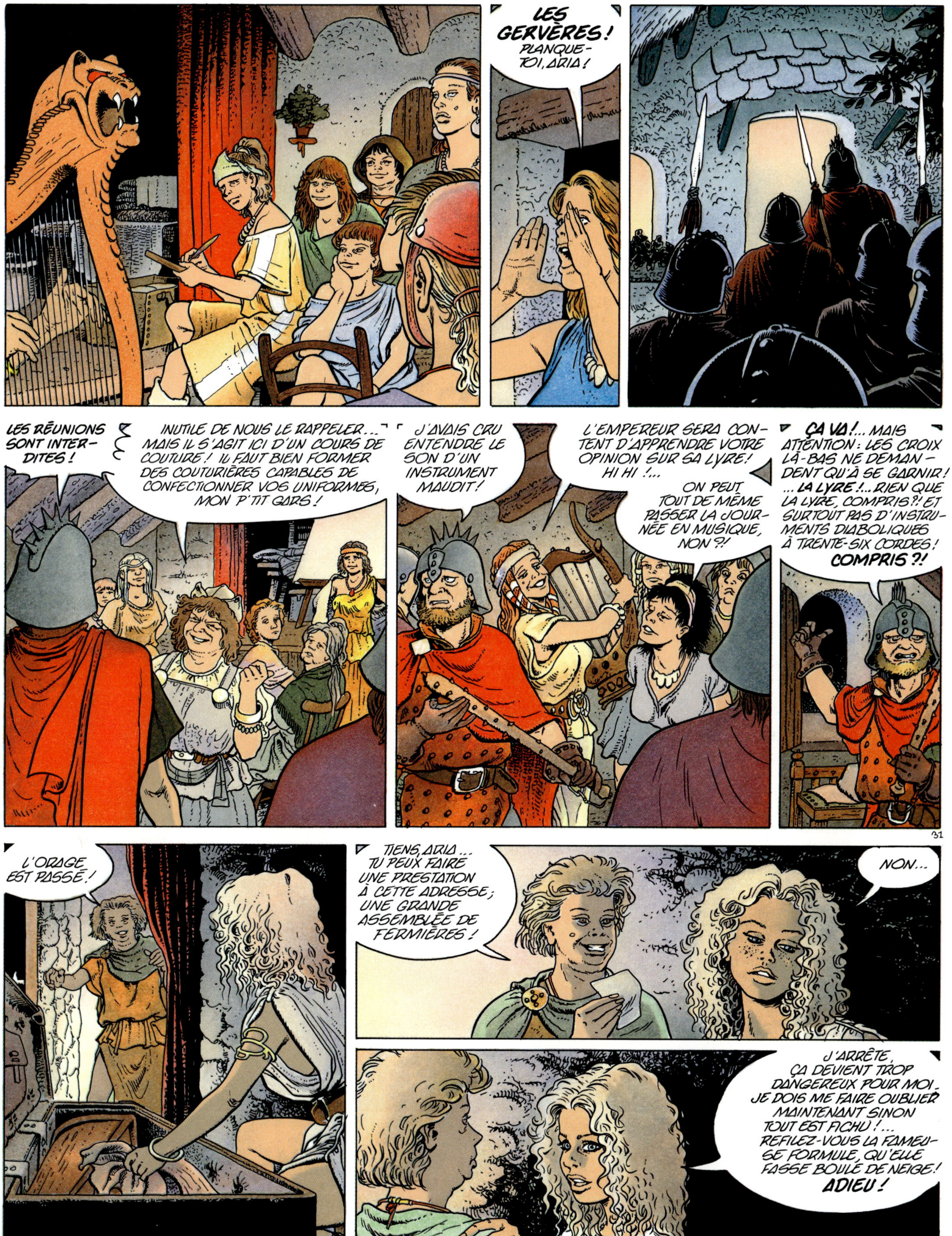
LES GERVÈRES ! PLANQUE-TOI, ARIA !
LES RÉUNIONS SONT INTERDITES !
INUTILE DE NOUS LE RAPPELER... MAIS IL S'AGIT ICI D'UN COURS DE COUTURE ! IL FAUT BIEN FORMER DES COUTURIÈRES CAPABLES DE CONFECTIONNER VOS UNIFORMES, MON P'TIT GARS !
J'AVAIS CRU ENTENDRE LE SON D'UN INSTRUMENT MAUDIT !
L'EMPEREUR SERA CONTENT D'APPRENDRE VOTRE OPINION SUR SA LYRE ! HI HI !...
ON PEUT TOUT DE MÊME PASSER LA JOURNÉE EN MUSIQUE, NON ?!
ÇA VA !... MAIS ATTENTION : LES CROIX LÀ-BAS NE DEMANDENT QU'À SE GARNIR ! ... LA LYRE !... RIEN QUE LA LYRE, COMPRIS ?! ET SURTOUT PAS D'INSTRUMENTS DIABOLIQUES À TRENTE-SIX CORDES ! COMPRIS ?!
L'ORAGE EST PASSÉ !
TIENS, ARIA... TU PEUX FAIRE UNE PRESTATION À CETTE ADRESSE ; UNE GRANDE ASSEMBLÉE DE FERMIÈRES !
NON...
J'ARRÊTE, ÇA DEVIENT TROP DANGEREUX POUR MOI. JE DOIS ME FAIRE OUBLIER MAINTENANT SINON TOUT EST FICHU !... REFILEZ-VOUS LA FAMEUSE FORMULE, QU'ELLE FASSE BOULE DE NEIGE ! ADIEU !

MERCI, VENDÉRIC, DE M'AVOIR INSUFFLÉ UNE PARTIE DE TOI - MÊME !... J'AI FAIT L'IMPOSSIBLE POUR DÉSARMER CES DÉTRITUS, MAIS JE PENSE ÊTRE BIEN PLUS UTILE ENCORE CHEZ TOI EN ARNOLITE !
TES CONFRÈRES LES FRÔNES ONT UN GRAND BESOIN D'UN APPORT D'ÉNERGIE !.., L'ÉTOILE DE L'EMPIRE GERVÈRE DEVRAIT COMMENCER À PÂLIR ; CELLE DE L'ARNOLITE VA SE RAVIVER ET SCINTILLER PLUS FORT QUE JAMAIS GRÂCE AUX SCEPTRES ...
ENFIN ESPÉRONS-LE !...
CRAC
?
QUI VA LÀ ?
OOOH ! CALME !
RENGAINE TON ÉPÉE, CE N'EST QUE MOI... JE NE TE VEUX AUCUN MAL ... JE SUIS VENU SEUL !... VÉRIFIE DONC !
!
COMMENT AS-TU RÉUSSI À RETROUVER MA TRACE ?
ON T'A VUE FUIR LE CAMP EN DÉROUTE... ALORS J'AI MENÉ DES RECHERCHES TAMBOUR BATTANT, N'HÉSITANT PAS À UTILISER CERTAINES MÉTHODES POUR DÉLIER LES LANGUES ; IL FALLAIT QUE JE TE REVOIE ! TU VOIS, J'ARRIVE TOUJOURS À MES FINS !...
ORDURE ! POURQUOI TANT D'ACHARNEMENT ?
?!!
PARCE QUE ... JE SAIS, C'EST IDIOT MAIS ... JE RÊVE DE TOI... DE PLUS EN PLUS . VOILÀ !

QUOI ?! APRÈS LES HORREURS QUE TU AS OSÉ ME FAIRE ?!
LA HAINE QUE J'ÉPROUVAIS ENVERS TOI S'EST PROGRESSIVEMENT MUÉE EN PITIÉ ... PUIS EN AMOUR ... LA VIE N'EST QU'UNE FORME D'ÉNERGIE BASCULANT SANS CESSE D'UN PÔLE À L'AUTRE ... TOUT EST SI COMPLEXE ! ...
AH BON ...
ALORS TIENS, BOIS POUR FÊTER TES BONS SENTIMENTS.
?! WOUAW ! MERCI ! ... LES REMORDS ME NOUAIENT LES ENTRAILLES ! TU NE PEUX PAS SAVOIR COMME J'AI ÉTÉ SOULAGÉ D'APPRENDRE QUE TU VIVAIS TOUJOURS ! ... À NOS RETROUVAILLES ! SANTÉ !
BEARP ! ... COSTAUD CE VIN !
TU IGNORES ENCORE À QUEL POINT !
?! HÉ !? TU PARS ?! ATTENDS-MOI !
NON, TU M'ÉCOEURES ! TU PEUX TOUJOURS ESSAYER DE ME SUIVRE ! ADIEU !
?
MES JAMBES ME TRAHISSENT !!! QU'AS-TU MIS DANS CE VIN ?
DE QUOI ÉLIMINER UNE ARMÉE ENTIÈRE ! ... EN SOUVENIR DE VENDÉRIC ... LE CHOC EN RETOUR, TU CONNAIS ?
TU N'AS PAS BESOIN DE CE FEU ... D'AILLEURS LES LOUPS EN ONT PEUR ! PAUVRES PETITES BÊTES ! TRANSMETS-LEUR MON BONJOUR. BONNE NUIT.
NE ... NE M'ABANDONNE PAS ! PAR PITIÉ !!! NON ! ... REVIENS !
!!

LE NORD-OUEST... TOUJOURS LE NORD-OUEST !... L'ARNOLITE EST PLUS ÉLOIGNÉE QUE JE LE PENSAIS. J'EN ARRIVE À CROIRE QU'ELLE SE DÉROBE, JUSTE POUR M'ENNUYER ! LES JOURS ET LES SEMAINES N'EN FINISSENT PAS DE SE TRAÎNER... NE PAS SE LAISSER ABATTRE... NE PAS SUCCOMBER À LA DÉPRESSION... COURAGE !... ON FINIRA BIEN PAR REPOUSSER CES INFÂMES GERVÈRES CHEZ EUX ET LES FILLES COMME MOI RETROUVERONT LE DROIT D'EXISTER !
J'AI DÉPENSÉ MES DERNIERS PÉPINS D'OR ET VENDU LE CHEVAL DU BANDIT QUE J'AI ABANDONNÉ AUX LOUPS... PAR CHANCE, J'AI BÉNÉFICIÉ AUSSI DE SA BOURSE GÉNÉREUSE ACCROCHÉE À SA SELLE...
J'AI CONTOURNÉ DES CAMPS GERVÈRES, APPAREMMENT DÉSERTS... LA RECETTE DE VENDÉRIC SE SERAIT-ELLE DÉJÀ PROPAGÉE JUSQU'ICI ?... ESPÉRONS-LE !
TIENS, LE PAYSAGE ME DEVIENT FAMILIER !... POURTANT JE NE SUIS JAMAIS VENUE PAR ICI !... SUIS-JE BÊTE !... VENDÉRIC... OUI, SA MÉMOIRE VIT TOUJOURS EN MOI !...
!
LA FRONTIÈRE ARNOLITAINE ! ENFIN !... AH, JE ME SENS SOUDAIN BEAUCOUP MIEUX !!!
!...
CE SENTIER NE M'EST PAS INDIFFÉRENT !
MAIS OUI ! JE LE RECONNAIS !... IL MÈNE À UN PASSAGE IGNORÉ DES SOLDATS GERVÈRES !...
JE VAIS POUVOIR FRANCHIR LA FRONTIÈRE EN TOUTE DISCRÉTION... SANS ENNUIS... ATTENDRE LA NUIT... PRUDENCE...

UNE BORNE ARNOLITAINE ... PARFAIT!... JE SUIS SUR LA BONNE VOIE ...

LA TRAVERSÉE DE CETTE ZONE S'EFFECTUE SANS ANICROCHES. JE ME TROUVE EN ARNOLITE AU MILIEU DE LA NUIT ET M'ARRÊTE DANS UN REFUGE DÉSERT AYANT SERVI JADIS À LA CONTREBANDE.
L'ESTOMAC CREUX, JE REPRENDS MA ROUTE AU PETIT MATIN. LE PAYSAGE A CHANGÉ... DE LA TERRE SÈCHE PARTOUT... ET PAS D'OISEAUX! ... DÉSOLATION.
LUZENELLE, LA PREMIÈRE BOURGADE... ENFIN POUVOIR PRENDRE DES FORCES AVANT D'ENTREPRENDRE MA "CHASSE AUX FRÔNES"...
DÉSOLÉ, NOUS N'AVONS RIEN D'AUTRE À VOUS PROPOSER... OÙ QUE VOUS SOYEZ EN ARNOLITE, C'EST PAREIL; LE SOL NE DONNE PLUS RIEN...
JE M'EN CONTENTERAI, MERCI... LES FRÔNES SERAIENT-ILS DEVENUS IMPUISSANTS ?
LES FRÔNES?! VOLATILISÉS... SANS LAISSER DE TRACES... À CROIRE QU'ILS ONT FUI LE DÉSASTRE POUR SERVIR LES GERVÈRES!
NON... JE SAIS OÙ LES TROUVER, MOI... ENFIN... QUAND JE DIS "MOI", JE ME COMPRENDS!
36
OOOH!
LA FORÊT DE GARBAËNE!... BIEN... TA MÉMOIRE M'EST TOUJOURS FIDÈLE, VENDÉRIC!

... CURIEUSE SENSATION DE SE TROUVER DANS UN ENDROIT FAMILIER SANS JAMAIS Y ÊTRE PASSÉE...
PLUS JE M'ENFONCE DANS CETTE VÉGÉTATION, PLUS JE M'Y SENS À L'AISE... TIENS ! JE RECONNAIS CE CHEMIN... ET CES CHÊNES... ET CES GROSSES PIERRES GRAVÉES !... CE DÉCOR M'ENCHANTE, IL EST PLUS IMPRESSIONNANT ENCORE DE NUIT !...
JE NE VOIS PAS LES HEURES PASSER. DEVANT UN SPECTACLE GRANDIOSE, LE TEMPS SEMBLE S'ARRÊTER...
LÀ !... LA CLAIRIÈRE À LA FONTAINE !... TOUJOURS PAREILLE À ELLE-MÊME !...
"ILS" M'ENCERCLENT, TAPIS DANS LE NOIR... JE LES SENS... J'AI ATTEINT MON BUT !
37

TING
TU JOUES DU VENDÉRIC À LA PERFECTION !... MIEUX QUE LUI-MÊME D'AILLEURS !
POUR ÊTRE PLUS PRÉCIS, DISONS QU'IL A PROGRESSÉ... PAR L'INTERMÉDIAIRE DE MES DOIGTS, DE MA SENSIBILITÉ, DE MON ESPRIT... JE M'APPELLE ARIA ; VENDÉRIC EST MON DEUXIÈME NOM.

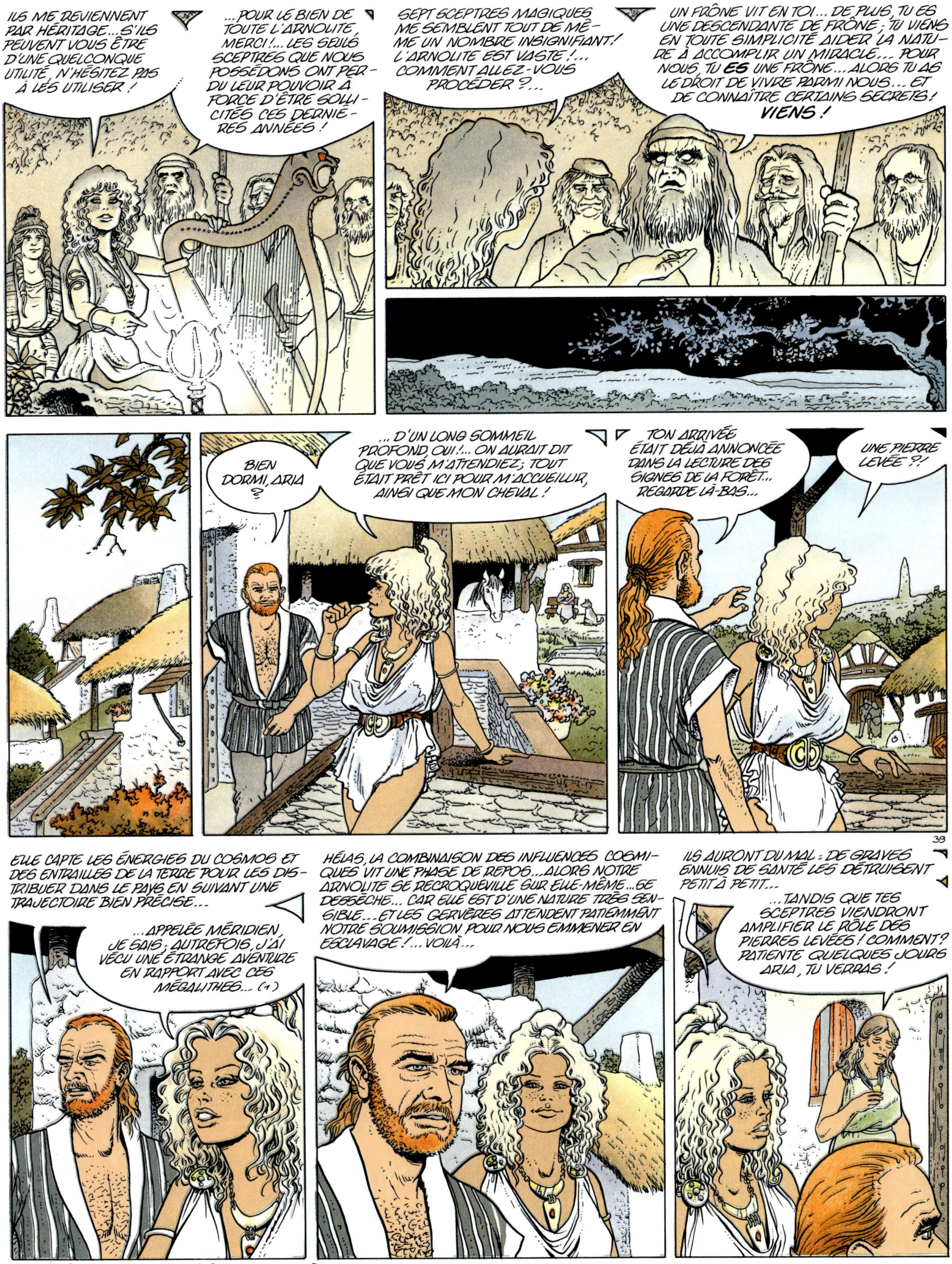

(1) "LE MÉRIDIEN DE POSIDONIA" (ÉD. DU LOMBARD)

CES QUELQUES JOURS SEMBLENT COURTS QUAND ON DISCUTE DE THÉORIES PASSIONNANTES SUR LA VIE, LA MORT, LA COSMOGONIE, LA DÉCOUVERTE DE L'UNIVERS PAR L'OBSERVATION DES PETITES CHOSES DE LA NATURE... UN MATIN...
VENEZ ! TOUS AU MENHIR !!!
LA VÉGÉTATION REPOUSSE BIEN À LA BASE, REGARDEZ... CELA NE S'ÉTAIT PLUS PRODUIT DEPUIS LONGTEMPS... TRÈS LONGTEMPS...
MAIS... QUEL RAPPORT AVEC MES BÂTONS DE LUMIÈRE ?
LÈVE LA TÊTE !
!!
IL A SUFFI À NOS TAILLEURS DE PIERRE DE PERCER LE SOMMET POUR Y INSÉRER UN SCEPTRE... LE POUVOIR DU MENHIR EST MAINTENANT DÉCUPLÉ...
BEN ÇA ALORS !
ET SI NOUS ALLIONS VÉRIFIER L'INFLUENCE BÉNÉFIQUE DANS LA GRANDE VALLÉE, LÀ OÙ S'ÉTEND LE MÉRIDIEN ?
EN AVANT !
40
!
EXTRAORDINAIRE ! ... EN SI PEU DE TEMPS !!!
UN VRAI TABLEAU BIGARRÉ JUSQU'À L'HORIZON ! DES FLEURS, DE L'HERBE, DES BUISSONS PARTOUT !... DISPARU LE DÉSERT !
ET LES OISEAUX REVIENNENT !
JE SERAIS CURIEUX DE VOIR LA RÉACTION DES VILLAGEOIS, LÀ-BAS !

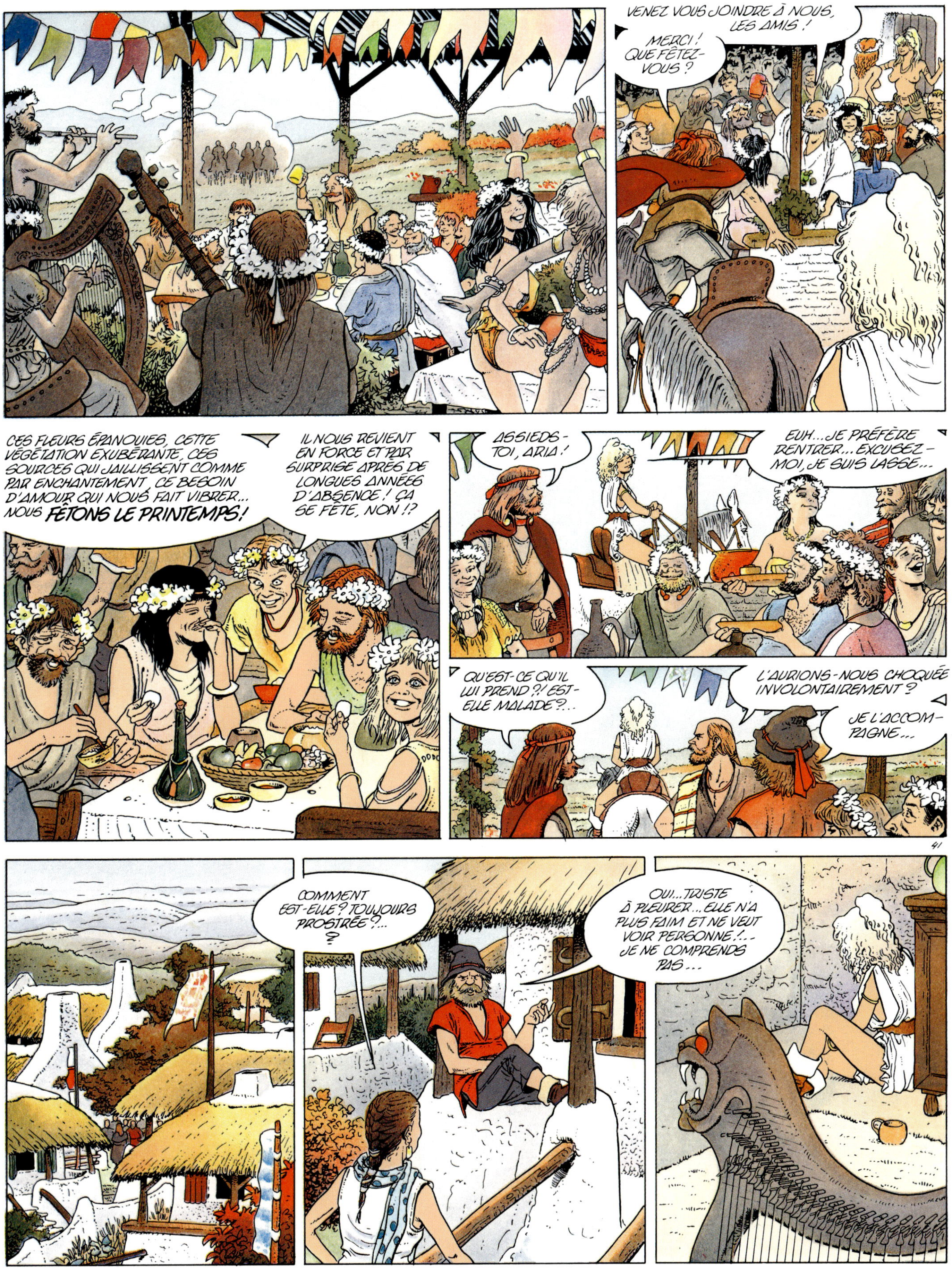
VENEZ VOUS JOINDRE À NOUS, LES AMIS !
MERCI ! QUE FÊTEZ-VOUS ?
CES FLEURS ÉPANOUIES, CETTE VÉGÉTATION EXUBÉRANTE, CES SOURCES QUI JAILLISSENT COMME PAR ENCHANTEMENT, CE BESOIN D'AMOUR QUI NOUS FAIT VIBRER... NOUS FÊTONS LE PRINTEMPS !
IL NOUS REVIENT EN FORCE ET PAR SURPRISE APRÈS DE LONGUES ANNÉES D'ABSENCE ! ÇA SE FÊTE, NON !?
ASSIEDS-TOI, ARIA !
EUH... JE PRÉFÈRE RENTRER... EXCUSEZ-MOI, JE SUIS LASSE...
QU'EST-CE QU'IL LUI PREND ?! EST-ELLE MALADE ?...
L'AURIONS-NOUS CHOQUÉE INVOLONTAIREMENT ?
JE L'ACCOMPAGNE...
COMMENT EST-ELLE ? TOUJOURS PROSTRÉE ?...
OUI... TRISTE À PLEURER... ELLE N'A PLUS FAIM ET NE VEUT VOIR PERSONNE !... JE NE COMPRENDS PAS...

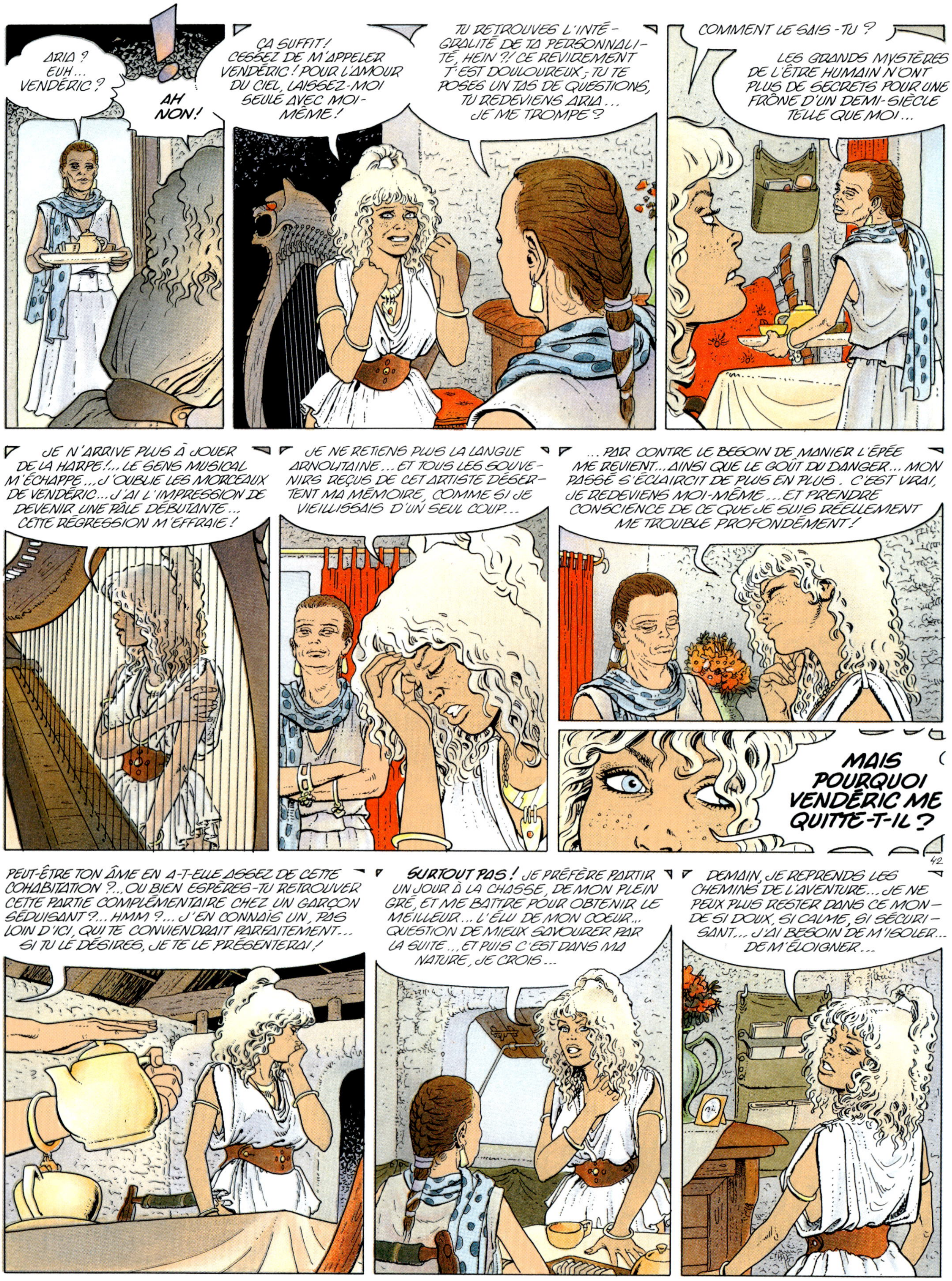
ARIA ? EUH... VENDÉRIC ?
AH NON !
ÇA SUFFIT ! CESSEZ DE M'APPELER VENDÉRIC ! POUR L'AMOUR DU CIEL, LAISSEZ-MOI SEULE AVEC MOI-MÊME !
TU RETROUVES L'INTÉGRALITÉ DE TA PERSONNALITÉ, HEIN ?! CE REVIREMENT T'EST DOULOUREUX ; TU TE POSES UN TAS DE QUESTIONS, TU REDEVIENS ARIA... JE ME TROMPE ?
COMMENT LE SAIS-TU ?
LES GRANDS MYSTÈRES DE L'ÊTRE HUMAIN N'ONT PLUS DE SECRETS POUR UNE FRÔNE D'UN DEMI-SIÈCLE TELLE QUE MOI...
JE N'ARRIVE PLUS À JOUER DE LA HARPE !... LE SENS MUSICAL M'ÉCHAPPE... J'OUBLIE LES MORCEAUX DE VENDÉRIC... J'AI L'IMPRESSION DE DEVENIR UNE PÂLE DÉBUTANTE... CETTE RÉGRESSION M'EFFRAIE !
JE NE RETIENS PLUS LA LANGUE ARNOUTAINE... ET TOUS LES SOUVENIRS REÇUS DE CET ARTISTE DÉSERTENT MA MÉMOIRE, COMME SI JE VIEILLISSAIS D'UN SEUL COUP...
... PAR CONTRE LE BESOIN DE MANIER L'ÉPÉE ME REVIENT... AINSI QUE LE GOÛT DU DANGER... MON PASSÉ S'ÉCLAIRCIT DE PLUS EN PLUS. C'EST VRAI, JE REDEVIENS MOI-MÊME... ET PRENDRE CONSCIENCE DE CE QUE JE SUIS RÉELLEMENT ME TROUBLE PROFONDÉMENT !
MAIS POURQUOI VENDÉRIC ME QUITTE-T-IL ?
42
PEUT-ÊTRE TON ÂME EN A-T-ELLE ASSEZ DE CETTE COHABITATION ?... OU BIEN ESPÈRES-TU RETROUVER CETTE PARTIE COMPLÉMENTAIRE CHEZ UN GARÇON SÉDUISANT ?... HMM ?... J'EN CONNAIS UN, PAS LOIN D'ICI, QUI TE CONVIENDRAIT PARFAITEMENT... SI TU LE DÉSIRES, JE TE LE PRÉSENTERAI !
SURTOUT PAS ! JE PRÉFÈRE PARTIR UN JOUR À LA CHASSE, DE MON PLEIN GRÉ, ET ME BATTRE POUR OBTENIR LE MEILLEUR... L'ÉLU DE MON COEUR... QUESTION DE MIEUX SAVOURER PAR LA SUITE... ET PUIS C'EST DANS MA NATURE, JE CROIS...
DEMAIN, JE REPRENDS LES CHEMINS DE L'AVENTURE... JE NE PEUX PLUS RESTER DANS CE MONDE SI DOUX, SI CALME, SI SÉCURISANT... J'AI BESOIN DE M'ISOLER... DE M'ÉLOIGNER...

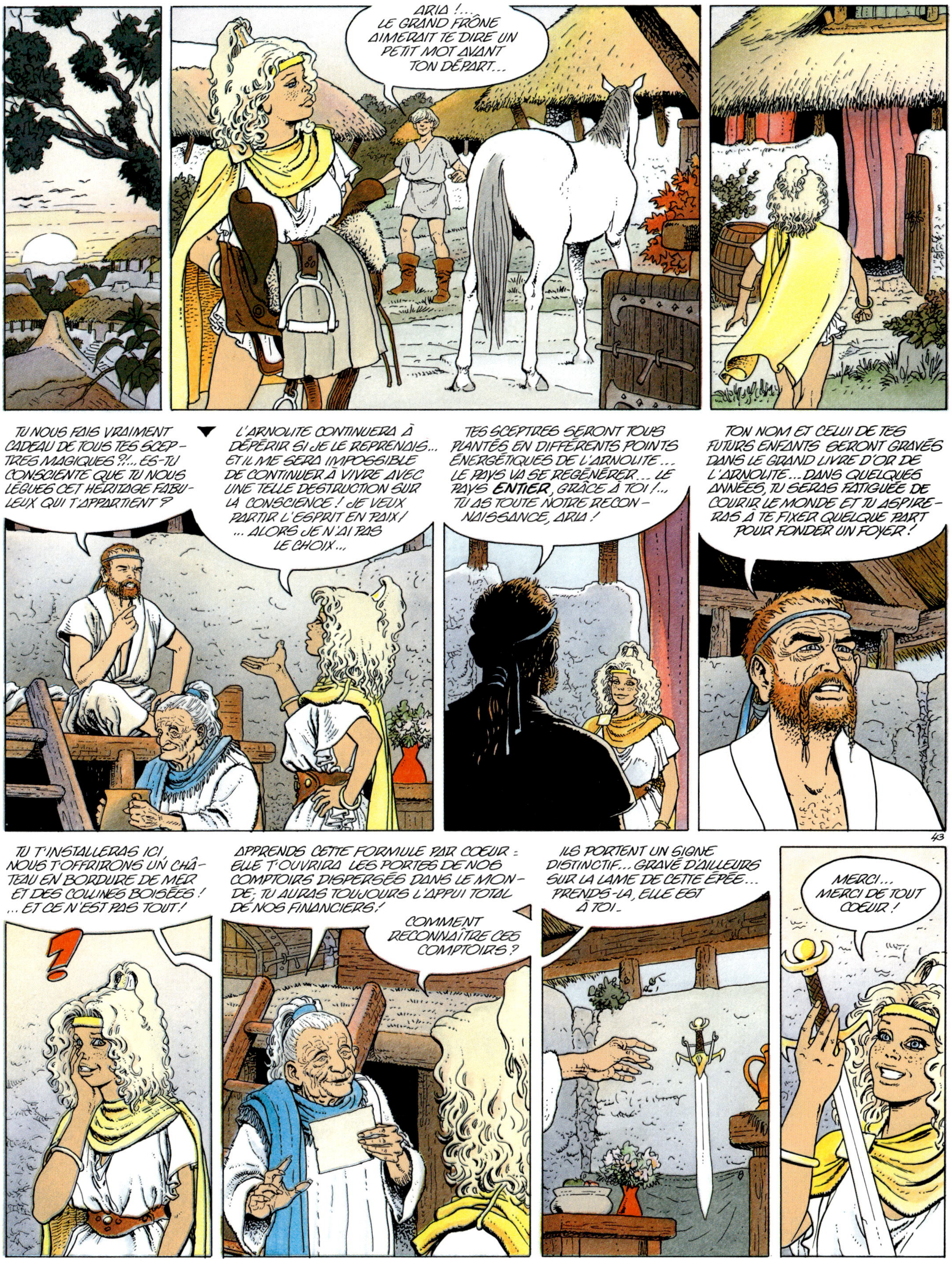
ARIA !... LE GRAND FRÔNE AIMERAIT TE DIRE UN PETIT MOT AVANT TON DÉPART...
TU NOUS FAIS VRAIMENT CADEAU DE TOUS TES SCEPTRES MAGIQUES ?!... ES-TU CONSCIENTE QUE TU NOUS LÈGUES CET HÉRITAGE FABULEUX QUI T'APPARTIENT ?
L'ARNOLITE CONTINUERA À DÉPÉRIR SI JE LE REPRENDS... ET IL ME SERA IMPOSSIBLE DE CONTINUER À VIVRE AVEC UNE TELLE DESTRUCTION SUR LA CONSCIENCE ! JE VEUX PARTIR L'ESPRIT EN PAIX ! ... ALORS JE N'AI PAS LE CHOIX...
TES SCEPTRES SERONT TOUS PLANTÉS EN DIFFÉRENTS POINTS ÉNERGÉTIQUES DE L'ARNOLITE... LE PAYS VA SE REGÉNÉRER... LE PAYS ENTIER, GRÂCE À TOI !... TU AS TOUTE NOTRE RECONNAISSANCE, ARIA !
TON NOM ET CELUI DE TES FUTURS ENFANTS SERONT GRAVÉS DANS LE GRAND LIVRE D'OR DE L'ARNOLITE... DANS QUELQUES ANNÉES, TU SERAS FATIGUÉE DE COURIR LE MONDE ET TU ASPIRERAS À TE FIXER QUELQUE PART POUR FONDER UN FOYER !
43
TU T'INSTALLERAS ICI. NOUS T'OFFRIRONS UN CHÂTEAU EN BORDURE DE MER ET DES COLLINES BOISÉES ! ... ET CE N'EST PAS TOUT !
!
APPRENDS CETTE FORMULE PAR COEUR : ELLE T'OUVRIRA LES PORTES DE NOS COMPTOIRS DISPERSÉS DANS LE MONDE; TU AURAS TOUJOURS L'APPUI TOTAL DE NOS FINANCIERS !
COMMENT RECONNAÎTRE CES COMPTOIRS ?
ILS PORTENT UN SIGNE DISTINCTIF... GRAVÉ D'AILLEURS SUR LA LAME DE CETTE ÉPÉE... PRENDS-LA, ELLE EST À TOI.
MERCI... MERCI DE TOUT COEUR !

TIENS ! PRENDS ! ...QUELQUES PIÈCES D'OR POUR LE VOYAGE !
MAIS...
IL N'Y A PAS DE "MAIS" !... ACCEPTE, C'EST DE BON COEUR !
UNE VRAIE CHATTE ! Z'ALLEZ VOIR, ELLE VA REVENIR AVEC PLEIN DE PETITS, HA HA HA ! DES NOIRS, DES BLANCS, DES ROUX... HA HA !
HEM..., EUH... JE N'AI RIEN DIT !...
J'AI DU MAL À ADMETTRE QUE VENDÉRIC M'AIT QUITTÉE... IL DOIT TOUT DE MÊME Y AVOIR UNE RAISON À CELA !... BAH... CES CHOSES MYSTÉRIEUSES M'ÉCHAPPENT... ET PUIS JE DOIS APPRENDRE À ÊTRE MOINS ÉGOÏSTE.
C'EST VRAI ! POURQUOI VOULOIR À TOUT PRIX GARDER, POSSÉDER L'ESPRIT DE QUELQU'UN ?!... C'EST IDIOT !... RIDICULE !... ... N'Y PENSONS PLUS !
TIENS ?!... UN CAMPEUR ISOLÉ !?

BELLE JOURNÉE, HEIN, MA BELLE !... VOUS VOUS DIRIGEZ VERS L'EMPIRE GERVÈRE ME SEMBLE-T-IL ?!
OUI... J'AIMERAIS PRENDRE LA TEMPÉRATURE DE CES CONTRÉES SOUMISES... MON PETIT DOIGT ME DIT QU'IL Y A DE L'INSURRECTION DANS L'AIR !
VOUS AVEZ RAISON, J'EN REVIENS...
AH OUI ?... RACONTEZ-MOI !
INSTALLEZ-VOUS D'ABORD, J'AI JUSTEMENT DU SAUCISSON ET DU BON VIN ! ...PAS CELUI DES GERVÈRES QUI PUE LA MORT MAIS LE NÔTRE, CELUI DU SOLEIL, DE L'AMOUR, DE LA VIE !
BUVONS À LA SANTÉ DE L'ARNOLITE... ET À LA DÉBÂCLE DES GERVÈRES. LES DIEUX LEUR ONT INFLIGÉ DES MALADIES MORTELLES. ...MÊME CONTAGIEUSES PARAÎT-IL !... ILS N'OSENT MÊME PLUS POSER LEURS SALES PATTES CHEZ NOUS... ILS N'ONT PLUS DE CHEFS... LA DÉROUTE TOTALE !...
ALORS LES GENS REPRENNENT LEURS DROITS ?...
MIEUX QUE ÇA ! ILS LÈVENT UNE ARMÉE REDOUTABLE... PURE PRÉCAUTION... ÇA LEUR A SERVI DE LEÇON DE SE FAIRE ENVAHIR ET RÉDUIRE À L'ESCLAVAGE ! BIEN... UN NOUVEL HYMNE NATIONAL S'EST CRÉÉ... J'EN SUIS L'AUTEUR...
À DÉFAUT DE HARPE, JE LE JOUE À LA FLÛTE... ÉCOUTEZ...
MAIS !!! VOUS PLAGIEZ UNE COMPOSITION DE VENDÉRIC !?..
ET ALORS !? C'EST MON DROIT TOUT DE MÊME NON ?! IMPUDENTE !!!
!?
TOI !? CE... CE N'EST PAS VRAI !!!
SI, ARIA, TU NE RÊVES PAS, JE SUIS BIEN VENDÉRIC !

PRINTED IN BELGIUM BY proost INTERNATIONAL BOOK PRODUCTION